수필은 향기를 남기고
시는 흔적을 남기고

수필은 향기를 남기고
시는 흔적을 남기고

초판 1쇄 인쇄일 2017년 6월 8일
초판 1쇄 발행일 2017년 6월 15일

지은이 한병무
펴낸이 양옥매
교 정 조준경

펴낸곳 도서출판 책과나무
출판등록 제2012-000376
주소 서울특별시 마포구 방울내로 79 이노빌딩 302호
대표전화 02.372.1537 **팩스** 02.372.1538
이메일 booknamu2007@naver.com
홈페이지 www.booknamu.com
ISBN 979-11-5776-439-6(03810)

이 도서의 국립중앙도서관 출판시도서목록(CIP)은 서지정보유통지원 시스템
홈페이지(http://seoji.nl.go.kr)와 국가자료공동목록시스템
(http://www.nl.go.kr/kolisnet)에서 이용하실 수 있습니다.
(CIP제어번호 : CIP2017013606)

한병무 지음

수필은 향기를 남기고

시는 흔적을 남기고

책과나무

꽃이 피고 진다.

세상도 피고 진다.

끊임없이 되새김질하는 흐름 앞에 모든 것이 퇴색되어 간다.

그러나 빛바랜 추억의 그림자는 거울을 닦아 내듯 손길을 스치면 아름다운 그리움으로 남아 있다.

흔적도 없이 쓰러진 시간이 아니라, 지나온 그림자는 슬픔도 아픔도 꽃망울을 머금고 향긋한 웃음을 짓고 있다.

낡은 것이 그리운 것은 추억 때문만은 아닐 것이다.

살아온 길에 마음의 창을 열어 두었기 때문이다.

그 창에 그리움이 영롱한 빛을 발하고 있기 때문이다.

사람은 세월이 들수록 그리움으로 몸이 가려워진다.

가끔은 존재의 허무감이 존속하기도 하고, 텅 빈 가슴을 추억으로 채우려고 한다.

살아온 길 어딘가에 빛바랜 모습으로 남겨진 것들을 더듬어 그려 낸다.

머물렀던 자리에는 아름다운 흔적이 남아 있다.

못다 한 이야기가 귓전에 맴돌고 있다.

넉넉한 집에 마음을 들어앉히고 뒹굴다 보면 아련한 기억에 가슴 벅차오름이 같이 뒹군다.

그래서 기억은 덧없다 하여도 남아 주길 바란다.

세상을 보여 주는 아쉬운 마음에 소슬바람처럼 세월은 그 모습들을 담고 있다.

동행한 그리움에 덧칠이 되어 가고 있다.

하얗게 부서지는 햇살.

풋풋한 바람.

꽃잎에 곱게 부서지는 그리움.

버리기도 하고 비우기도 하고 다시 채우기도 한다.

만남이라는 것은 살아 있는 음악이고 삶을 아름다운 배경으로 남긴다.

스치기도 하고 감흥으로 남아 곁에 두고 있는 오랜 사진첩 같은 인연으로 남기도 한다.

늘 설렘이 있는 만남.

참 풍경같이 좋은 사람을 두고 싶은 바람.

그게 사람이든 자연이든 대상을 따지지 않고 좋은 만남이고 인연이다.

삶에 유쾌한 비명 소리만 남아 들렸으면 좋겠다.

가끔은 혼탁하여 멍들었던 하늘도 한바탕 수정 같은 눈물을 흘리고 나면 맑고 고운 모습으로 향기를 품는다.

삶이 이제 그랬으면 좋겠다.

맑게 드리워진 하늘 아래 가슴속 꽃밭을 만들고, 한 점의 획으로 이어진 화폭이 모든 사람에게 향기를 전해 주는 꽃밭이 되었으면 좋겠다.

아름답게 농익어 가는 꽃길이 늘 이 꽃밭에 같이 있었으면 좋겠다.

끝으로 부족한 글을 고운책으로 엮어주신 도서출판 책과나무 대표 양옥매님, 교정담당 조준경님, 디자이너 이수지님께 감사드린다.

2017년 6월 어느 날, 한병무

수필은 향기를 남기고, 시는 흔적을 남기고

　　유난히 지치고 기운이 빠지는 날이 있습니다.

　　그런 날에는 누군가 곁에 있는 것만으로도 참 고맙고 든든합니다.

　　위로나 격려의 어떤 말을 하지 않아도 그냥 그 존재만으로도 마음이 따뜻합니다. 제게 부모님이 늘 그런 분들입니다.

　　정유년(丁酉年) 유월(六月), 저자 한병무(아버지), 표지 그림 김기선(어머니)의 첫 책이 나왔습니다.

　　아들은 두 분의 책에서 글을 통해 아버지의 마음을 들여다보고, 그림에서 어머니의 감성을 더 공감하려 합니다. 그래서 제게는 이 책이 평생을 가져갈 선물입니다.

　　거기에 저의 작은 소망을 독자 분들께 바칩니다.

　　당신께서 바쁜 일상으로 삶이 지치고 감성이 메마를 때, 두 분의 책이 잠시나마 생각의 실마리가 되고 마음의 휴식이 되기를 간절히 바랍니다.

　　고맙습니다.

2017년 6월, 아들 충희가 드림

| 목 차 |

비는 추억이다

계절에 관계없이

내리는 빗소리는

내게는 청아한

추억의 목소리로

들린다

1부

수필은 향기를 남기고

비 오는 날

2006년 실상문학 수필 부문 신인상 수상작

비는 추억이다. 계절에 관계없이 내리는 빗소리는 내게는 청아한 추억의 목소리로 들린다. 초등학교 어린 시절, 고구마가 유일한 간식거리였던 가난한 시골 마을의 비 오는 날은 밥상이라고 부르던 튀밥을 입가에 잔뜩 묻혀 가며 비 오는 날의 행복을 색다르게 느낄 수 있었다. 비 오는 날이면 유난히 마음이 너그러우셨던 어머님의 손길은 아까워서 보리밥도 마음껏 짓지 못했던 마음을 누그러뜨리시고 보리쌀 한 되를 쉽게 퍼 주셨다. 그 보리쌀 한 되를 들고 튀밥을 튀기러 읍내로 내달음질 치던 그때의 행복한 시간은 세월과 함께 변하기 시작했다.

사춘기에 접어들 무렵에는 추적추적 내리는 비가 그렇게 싫을 수가 없었다. 유난히도 깔끔했던 나는 한 벌밖에 없는 교복에 행여나 흙탕물이 튈까 봐 염려스러워 비 오는 날이 싫었고, 친구들과 어울려 뛰어놀 수 있는 뒷동산을 비가 빼앗아 가 버리는 야속한 날로 기억되었다. 세월 따라 변해 왔던 비 오는 날의 기분은 어느 날부터인가 세상을 새롭게 여는 작은 창을 하나 달아 둔 것처럼 여유로워지며 좋아지게 되었다.

비 오는 날에는 목마른 그리움이 있어서 좋다. 그 창에는 내가 즐겨 찾는 비 오는 날의 바다가 있어 좋고, 그곳에 사랑의 풍경을 그릴 수 있어 더욱 좋다. 이슬비보다 가슴까지 후련하게 씻어 주며 세차게 퍼붓는 소나기의 빗줄기가 더 좋으며, 그런 날은 어김없이 차를 몰고 비바람과 함께 몸부림치는 파도를 찾아 나선다. 인적이 드문 비 내리는 바닷가를 바라보면 누군가의 따뜻한 시선이 다가올 것 같고, 따뜻하게 맞이하고 싶은 그리운 날이 된다. 차창으로 밀려오는 파도는 차를 떠밀어 낼 듯 세차게 밀려오지만, 몰아치는 비바람에 취하고 삼킬 듯이 달려드는 파도에 취하며 시간의 흐름을 멀리한 채 그리움의 바다를 즐긴다.

비 오는 날에는 고독의 창을 열 수가 있어 좋다. 고독하고 싶을 때 고독할 수 있는 나만의 작은 공간을 만들어 비와 함께 외로운 생각을 나눠 가질 수 있어 좋다. 고독하다는 것은 사랑할 수 있는 것이라고 했다. 사람은 사랑이 있어도 고독하고, 없어도 고독하다고 한다. 비 오는 날의 고독은 그래서 외로움에 지친 모습이 아니라 보고픔을 위로하고 마음을 헤아려 보는 그런 날이다. 슬픔이 슬픔으로 보이지 않는 날이다. 나보다 더 큰 슬픔을 가진 빗물에 얼굴을 묻어 버리면 억지로 눈물을 지우지 않아도 되고 슬픈 자국이 남아 있지 않아 좋기만 하다.

비 오는 날은 한 잔의 커피와 함께 음악에 취할 수 있어 좋다. 삶의 부족했던 여유를 커피 한 잔의 여유로움으로 음악과 함께 달래고 커피 한 잔의 행복이 음악과 함께 피어오른다. 한 잔의 커피를 마시는 공간은 결코 화려하고 운치 있는 곳이 아니어도 좋다. 값비싼 오디오에서 흘러나오는 음악이 아니어도 좋다. 홀로 나를 바라볼 수 있고 느낄 수 있는 그런 공간이면 좋고, 커피 한 잔에 좋아하는 음악을 들을 수 있으면 그것으로 족하다. 좁은 차 안이라도 그 속에서 사람의 향기를 맡을 수 있으면 좋고, 행복 잎을 닦아 내며 커피 한 잔을 나눠 마시면서 음악을 들을 수 있으면 더욱 좋다. 비 오는 날의 작은 카페는 바닷가가 내려다보이는 나지막한 언덕 위에 세워 둔 차 안이 되고, 흐르는 음악은 행복의 선율이 된다. 그런 순간에는 아직도 마음은 청춘이라고 외치고 싶고 만질 수 없는 마음을 들춰내어 이 세상 가장 넉넉한 마음의 집을 짓고 있다.

비 오는 날은 산자락에 구성진 가락이 흘러서 좋다. 비 오는 날 흘러내리는 물소리 쫓아 산길을 오르다 보면 신록의 속삭임은 때로는 강하게, 때로는 약하게, 비와 부딪히며 적막강산인 산자락에서 비와 나무의 한바탕 잔치가 나 홀로 객을 맞이한 채 신나게 벌어진다. 그 어울림에 한바탕 땀을 쏟아내고 나면 풋풋한 향기가 온몸을 엄습하며 가슴속 오염된 구석을 상큼하게 씻어 내어준다. 나는 청승스럽게도 비 오는 날 홀로 산에 오르는 것을 그래서 좋아한다. 배낭에 모자 하나 푹 눌러쓰고 비옷도 입지 않은 채 걷다 보면 내가 비가 되고 비가 내가 되어 있음을 느낄 수 있다. 그러다 잠시 비가 그치면 아스라한 운무 속에 갇혀 화려한 군무를 추며 꿈결에 젖어드는 경이로운 풍경에 내가 신선이 됨을 느낄 수가 있다.

비 오는 날은 메말라 가는 나 자신을 한번 되돌아보게 하고 쫓기듯 살고 있는 발걸음에 휴식을 준다. 비 오는 날은 여유가 있고 마음이 가라앉아 사색하게 하며 감동이 있고 자유로움이 있으며 그 속에 내가 꿈꾸는 사랑이 있다. 비 오는 날은 내게 있어서 너무도 좋은 행복한 날이며 내일을 새롭게 다짐할 수 있는 기약의 날이다.

가슴으로 그리워하자!

법정스님 열반(2010. 3. 11) 『맑고 향기롭게』 월간지 게재 추모사

봄이 오는 길목에 계절은 뒷걸음질 치며 하얀 눈으로 세상을 바꾸었다. 법정스님께서는 그렇게 스님이 계셨던 세상이 말끔히 옷단장하는 것을 보시고 열반의 향으로 곱게 피어 피안(彼岸)에 드셨다. 그리움을 인간의 향기라고 말씀하셨던 스님께서는 오랫동안 지킨 자리를 홀연히 남겨 두신 채 만인의 가슴에 그리움의 향기를 두고 가셨다.

가슴을 아리게 하는 슬픔이 그리움으로 번지며 말없이 하늘을 우러러보게 한다. 마음이 허하여 지나간 시간을 토해 낼 수 있다면 좋으련만, 속절없이 시간의 바퀴는 애통하게도 스님과 함께 흘러가 버렸다.

수필은 향기를 남기고, 시는 흔적을 남기고

억겁(億劫)의 인연이었던가! 한 세대를 스님과 함께 살았다는 기쁨이 컸었던 만큼 공허한 가슴을 후비는 슬픔이 큰 것은 어쩔 수 없는 것이었다. 세상 연은 인연 따라 오간다고 했지만, 계신다는 자체가 고요 속에서 풍요로움을 던져 주며 중생들이 깨어 있길 바라시며 다독이고 계심에 마음이 든든하였다. 늘 푸른 소나무의 병풍처럼 중생을 에워싸고 변치 않는 모습으로 세속의 무지몽매(無知蒙昧)한 마음에 교훈을 던져 주셨던 한마디 한마디는 천언만어(千言萬語)보다 깊숙이 와 닿아 큰 가르침을 주셨다. 세상이 삶의 근본과 가치를 잃어버리고 방황하며 물질의 축적과 향유에 젖어 있을 때, 스님의 가르침은 현대인에게 세속의 찌든 마음을 걸러 주는 삶의 청량제가 되었다.

평생 스님 스스로도 버리고 버리시며 청빈의 도를 몸소 실천하시어 소욕지족(少慾知足)의 삶으로 출가의 본분을 너무도 엄하게 지키시며, 자기 소리만 가득한 세상을 향해 화합하고 서로 마음을 비워 간격을 좁히도록 가르침을 주셨다.

스님께서는 삶 자체가 나무 아래 앉았다가 가는 것이라고 하셨다. 꽃은 필 때도 아름다워야 하지만 질 때도 아름다워야 한다는 삶과 죽음에 대한 철저한 가르침을 주시며 아름다운 마무리로 참어른의 표상이 되셨다. 스님 가시는 길은 만장도 화려한 꽃상여도 연화대도 보이지 않고, 가사 한 장 홀연히 덮고 슬픔으로 메운 길을 뒤로한 채 법체를 흙으로 되돌리셨다.

　스님께서는 맑은 가난과 맑은 행복으로 무소유를 실천하시며 세속에 향으로 산을 지으셨다. 이제 스님께서는 우리 곁에 남아 초록 물 잔뜩 오른 산등성이를 따라 꽃등에 불을 켜고 산을 환하게 밝혀 주실 것이다. 기울어진 숲 사이로 바람처럼 오가며 바람의 향기로 법당 풍경 소리를 울리고 만 중생을 화현(化現)하고자 곁에 다시 오실 것이다. 별은 결코 진 것이 아니라 더 큰 빛으로 발하며 스님께서 가르쳐 주신 마음을 기억하고 있는지 우리 곁에 다시 돌아오실 것이다.

　법정스님께서 좋아하셨던 시 노래 가사처럼 눈이 부시게 푸르른 날은 그리운 사람을 그리워하자! 마음껏 그리워하자! 그러나 스님께서 남기신 마음을 진정으로 알고 느끼며 깨우침을 가진 가슴으로 그리워하자!

나의 벗, 산

 나는 운동을 좋아한다. 그렇다고 특출하게 잘하는 것은 없지만 이것저것 좋아하는 운동이 많다 보니 어떤 때는 운동중독증에 걸린 환자처럼 퇴근 후 저녁 시간 전부를 운동으로 채우는 경우가 많다. 그중에서도 내가 가장 사랑하고 좋아하는 것이 주말이나 휴일에 산에 오르는 일이다. 그래서 산을 즐겨 찾고 그것이 내 인생의 휴일 계획처럼 고정된 지가 아주 오래전의 일이 되어버렸고, 지금도 특별한 일이 아니면 산과 자연스럽게 벗하며 지내는 것이 하나의 인생 낙(樂)이 되어 버렸다.

 이른 새벽 단잠을 설치며 무딘 눈꺼풀을 뒤로하고 길을 나설 때 잠결에서 깨어나는 잠시의 고통만 제외한다면, 산은 내가 바라는 모든 것을 포용하고 있어 궁합이 가장 잘 맞는 천생연분 운동이라고 생각한다. 이렇게 내가 산을 좋아하며 즐겨 찾는 이유는 도시의 콘크리트 벽 속에 갇힌 일상을 탈출하여 속세의 오염된 군상을 떨쳐 버리고픈 욕구 때문에 비상구의 역할로 이용하기도 하지만, 그보다도 산이 주는 살아 있는 자연의 기(氣)와 교훈(敎訓)이 꾸밈없는 아름다운 산의 신비로움과 함께 상존해 있기 때문이다.

산은 우리가 쉽게 찾을 수 있는 자연 중에 가장 변화하지 않는 모습으로 제 빛깔을 지키며 인간에게 에너지를 충전시켜 주는 에너지 원천 자원이다. 사계절 어느 날 하루도 흐트러짐이 없이 은은하고 부드럽게 오가는 길손을 반기며 다가갈수록 끊이지 않고 이어지는 산맥의 흐름은 자연의 향으로 폐부 깊숙이 파고들며 오감을 일깨워 준다.

은둔의 색에서 벗어나 화려한 몸짓으로 다가와 아름다운 꽃을 피워 내며 살아 있음을 뽐내기도 하고 깊은 후각에 들어앉아 향연을 베풀기도 하며 햇살 환한 기운 머금은 싱그러움으로 계곡의 청량한 물소리와 함께 청산녹수(靑山綠水)의 푸른 정기를 생성시켜 주기도 한다. 그러다 아늑하게 자리 잡은 높은 하늘은 안고 있던 구름 고이 뿌려 억새풀을 은빛 춤사위에 장단 맞추게 하고 형형색색 단장한 만산홍엽(滿山紅葉)의 충만한 기운을 간직한 채 온 세상을 하얗고 비밀스런 마법의 성으로 인도하여 바람에도 굴하지 않는 순백의 모습으로 인내의 기운을 만들어 내며 새롭게 시작할 여정을 꿈꾸도록 한다.

　살갑도록 느껴지는 산(山)만이 가지고 있는 이러한 매력이 나의 에너지 자원으로 작용하기에는 부족함이 없고 텅 빈 마음속에 늘 평온을 심어 주기에 땀으로 사지를 채우면서 산천곳곳을 누비며 산을 찾고 그 속에서 잠자고 있는 내 마음과 영혼을 일깨우며 삶의 기운을 새롭게 찾을 수 있는 원초적 기운을 제공받을 수 있어서 좋다.

　산은 또, 법고의 여운이 묻어 있어 즐겨 찾는다. 산중에 들어서면 어김없이 자리 잡고 있는 부처님의 자비로운 도량 속에 묻어나는 산사의 독경 소리와 풍경 소리와 함께 바람 소리, 새소리, 물소리마저 강산을 청유(淸幽)하게 하며, 번뇌에 찌든 영혼의 크고 작음을 따지지 않고 허물어진 마음을 다독거려 주고 세파에 지친 가슴을 비우게 하여 청정(淸淨)의 깨달음을 대신 채워 준다. 우둔하여 존재의 가치에 대하여 방황하고 고민할 때는 청명하게 세상의 징검다리를 놓아 주며 찰나에 불과한 인간사의 속절없음을 마음의 벗으로 다가와 위로하며 세상만사 무거운 삶의 짐을 덜어 내는 공간을 제공하여 준다. 열락과 고통을 가르쳐 주며 성취와 허무를 그 속에서 찾아 새로운 삶의 이정표를 세울 수 있게 깨달음을 준다.

산에는 또, 지(知)와 예(禮)의 표상이 담겨 있다. 지(知)는 높이는 것이고 예(禮)는 낮추는 것이라고 한다. 높임은 하늘을 따름이요, 낮춤은 땅을 본받음이다. 험하고 경솔하게 행동하지 않고 정성을 다하여 서로가 지극하게 행동하도록 무위자연(無爲自然)의 불언지교(不言之敎) 교훈을 염원으로 받들 수 있어서 좋다.

또, 산을 좋아하며 즐겨 찾는 이유 중의 하나는 산의 꾸밈없는 아름다운 신비감에 있다. 아침 안개 속 보석처럼 맑게 빛나는 햇살을 찾으러 심산유곡을 오르노라면 한 폭의 산수화가 눈앞에 그려지기 시작한다. 미묘한 하늘빛은 구름을 차츰 걷어내고 안개를 피웠다 거두었다 되풀이하며 화려한 군무와 함께 하늘이 만들어 내는 장관을 연출하기도 하고, 땅이 빚어내는 부드러우면서 힘찬 곡선은 대자연의 교향곡과 함께 산수화 한 점 요염하게 그려 눈가에 뿌려 주기도 한다.

구석구석 계곡의 맑은 물과 바위가 조화를 이루고 있는 살아 숨 쉬는 산수를 즐길 수 있고, 벽계수에 발 담그고 무릉도원(武陵桃源)을 부러워하지 않는 잠시의 여유를 즐기며 세상 사는 모습을 잊고서 구성진 노랫가락으로 콧노래를 부를 수 있게 한다. 향긋한 나무와 흙과 어우러진 초록빛 향기는 꽃물결처럼 소나기처럼 투명한 햇살과 함께 쏟아지며 전신을 감싸고 창공을 날아오르는 자유로움을 느낄 수 있게 한다.

산은 보는 것만으로도 희열을 느낄 수 있고 숨이 가빠지며 정상에 오를수록 발걸음마다 건강을 다질 수 있으며, 산에 올라 아래 세상을 내려다보면 내 것이 아니어도 모두가 내 것처럼 마음의 부자가 되어 있음을 느낄 수 있어 더욱 좋다.

이렇듯 산은 나에게 있어 가장 좋은 벗으로 남아 심신을 단련시켜 주는 수련장의 역할을 하며, 나의 가장 큰 에너지원으로 내 삶의 철학이 되어 버렸다. 나는 오늘도 내일도 모레도 산을 오를 것이다. 그러나 산을 오르며 그저 좋아만 할 뿐 산을 얼마나 닮고 있는지! 요산요수(樂山樂水)의 인자함을 얼마나 깨우치며 수양하고 있는지! 내 스스로에게 화두를 던져 본다.

남해의 보고(寶庫), 금산(錦山)

　화사한 벚꽃의 향기가 채 가시기도 전에 터트리기 시작한 개나리의 새색시 같은 모습은 피는 순서도 잊은 채 먼 산에 피어 있을 진달래의 전령사처럼 다가와 일요일 아침 남해 금산으로 산행을 떠나는 회원들의 마음을 들뜨게 한다.

새로운 한려수도 명물, 창선-삼천포대교를 지나며

　고속도로 교통 체증에 휴게소 화장실 체증까지 더하는데, 어느 연세 드신 분이 화장실에 줄을 서고 있는데 하시는 말씀. 사람이 많을 때는 같은 줄이라도 젊은 사람 서 있는 줄이 빨리 체증이 풀

수필은 향기를 남기고, 시는 흔적을 남기고

린단다.

노련한 버스기사의 진로 변경으로 고성 해안으로 해서 사천으로 접어들었다. 2003년 4월 개통된 창선-삼천포대교를 보기 위해 시간이 다소 걸리더라도 이 길로 가길 사전 주문했었다. 1973년 남해대교가 개통되면서 이미 섬 아닌 섬으로 변화된 남해에 남해대교 개통 후 30년 만에 창선-삼천포대교가 개통되면서 창선도, 삼천포를 연결하는 한려수도 명물로 떠올랐다. 총 연장 3.4㎞에 이르는 5개의 대교(단항교, 창선대교, 늑도교, 초양교, 삼천포대교)는 한국 최초로 섬과 섬을 연결하는 교량으로, 총 4개의 섬을 연결하는 가운데 각각이 다른 모습으로 자태를 뽐낸다. 삼천포대교를 지날 무렵 언덕 위에 활짝 핀 유채꽃은 은둔의 색에서 벗어난 화려한 몸짓으로 봄 상춘객을 유혹하며 불러들이고 있었다.

아름다운 금산(錦山)

삼천포대교를 지나 남해 바닷가를 끼고 한참을 돌아서니 먼 길 아래 상주해수욕장이 보인다. 한 폭의 수채화 같은 상주해수욕장. 부채꼴 모양의 해안 백사장, 눈앞에 펼쳐진 작은 섬들은 바다를 호수 모양으로 감싸고 있으며, 금산을 배경으로 잔잔한 파도를 일으키고 있다. 반월형을 그리며 2km에 이르는 백사장의 모래는 마치 은가루를 뿌린 듯 부드러우며, 주단 위를 걷는 감미로운 감촉을 느끼게 하는 백사장으로 정평이 나 있다. 백사장을 감싸고 있는 송림은 잔잔한 물결과 완벽한 하모니를 이루는 상주의 자랑거리란다. 또, 바다 밑은 기복이 없고 완만한 경사를 이루어 어린이들의 물놀이에도 안성맞춤이다. 그래서 상주해수욕장을 3박자를 갖춘 해수욕장이라고들 한다.

차창에 비친 해수욕장을 먼발치에서 보며 잠시 옛 생각에 잠길 즈음 예정 도착 시간보다 1시간 정도 늦게 남해 금산 입구에 도착을 했다. 남해 금산의 이름은 원래 '보광산'이었다고 한다. 이름이 바뀌게 된 것은 고려 말에 이성계가 거사를 앞두고 이곳에서 백일기도를 드리고 성공하여 조선왕조를 개국하여 왕위에 오르자, 이에 대한 보답으로 보광산을 비단으로 감싸려고 하다가 비단으로 산을 감싸는 것은 불가능하다는 신하들의 청을 받아들여 비단 대신 '비단 금(錦)'자에 '뫼 산(山)'자를 써서 금산(錦山)으로 고쳐 부르도록 한 데서 유래되었다고 한다.

아무튼 금산은 이름에 걸맞게 많은 볼거리를 갖추고 있다. 하도 볼거리가 많아 '금산 38경'이라고 하니 몇 번의 걸음을 해야 38경을 다 볼 수 있을지 의문스럽다.

파이팅으로 활기찬 기운을 더하고 오르기를 반복하다 약수터에 이르니 벌써 호흡이 거칠어지고 발걸음이 온전하지 못한 회원들이 계신단다. 약수터부터 쌍홍문(雙虹門)까지는 짧은 거리지만 제법 경사지다. 산행에 단련되지 못한 분들은 무척 가파른 길로 느껴지는지 오르다 쉼을 계속한다. 후미가 걱정스러워 다시 후미가 도착하기를 기다리다가 선두 오기를 반복하니 38경중 15경이지만 1경에 뒤지지 않는 쌍무지개가 뜬다는 쌍홍문(雙虹門)의 기암굴 앞에 도착을 한다.

보리암을 지척에 두고 다시 후미 도착할 때까지 동백나무 베인 바위를 그늘 삼아 여유작작(餘裕綽綽)하며 쉬고 있으니 후미가 보인다. 또 선두는 출발이다. 후미 입장에서 보면 정말 얄미운 선두다. 보이면 달아나고, 또 보이면 달아나고…. 그게 가진 자의 여유이던가!

한 가지 소원은 뚝딱! 보리암(菩提庵)을 찾아서

금산 보리암(菩提庵)은 신라 신문왕 3년(683년)에 원효대사에 의해 창건되었다는 고찰로서 낙산사, 보문사와 더불어 기도도량으로 손꼽히는 곳이다. 특히 보광전 맞은편 바위 끝에 있는 해수관음상은 헬리콥터로 이곳에 운반될 때 찬란한 서광을 발한 것으로 유명하다.

해수관음상 바로 옆자리를 차지하고 있는 높이 2.3m의 보리암

3층 석탑은 경상남도 유형문화재 제74호로, 683년(신문왕 3년) 원효대사의 금산 개산(開山)을 기념하기 위해 김수로 왕비인 허태후가 인도의 월지국에서 가져온 것을 원효대사가 이곳에 세웠다고 한다. 화강암으로 건조한 이 탑은 고려 초기의 양식을 보이고 있는데, 각하성기단(角下成基壇)은 단일석으로 되어 2구의 안상이 새겨지고 옥개석의 처마받침은 3단으로 되어 있다. 단층기단 위에 형성한 높이 1.65m의 우아한 탑신에는 각 층마다 우주(隅柱)가 새겨져 있고 상륜부에는 보주가 남아 있다.

또, 이곳에서 보이는 좌우로 솟아 있는 금산의 바위들은 비둘기봉우리, 개바위, 돼지머리바위, 사자바위 등 발아래 굽어 있는 바다와 어울려 기기묘묘(奇奇妙妙)한 형상을 하고 있다. 선두로 올라온 여유를 핑계 삼아 법당에 들어가 참배를 하고 인산인해(人山人海)의 인파를 뚫고 대리석 계단을 올라 망대에 올라서니 바로 여기가 해발 681m, 금산의 정상! 우뚝 서 있다.

정상 옆 그늘자리 찾아 식사를 하고 회원들은 하나둘 보리암 법당과 해수관음상 전에 엎드려 세상만사 번뇌(煩惱)를 끊어 달라 기도드리고 하산길에 나서니, 내려오는 분들 얼굴에는 모두가 금산의 진달래꽃을 닮아 연분홍색으로 변해 가고 있다.

아! 충무공 이순신 장군! 남해대교!

회원 모두 도착을 확인하고 단체 사진 촬영 후 출발하니 남해 벚꽃 터널을 지난다. 꽃은 지고 잎이 돋아 나오고 있지만 그 향기는 아직도 남아 있는 듯 맑은 바람 따라 코끝을 스쳐지나가고 있는데 벌써 남해대교에 이르렀다. 남해대교는 1973년 준공된 현수교로 총 연장 660m이다.

그러나 남해대교가 우리의 옷깃을 여미게 하는 것은 1598년 동짓달 열아흐레 임진왜란 마지막 전투인 노량해전의 전투에서 전사한 충무공 이순신 장군의 충정 어린 혼이 배어 있는 곳이기 때문일 것이다. 먹먹한 마음으로 임진왜란 이순신 장군의 업적을 안내하다 보니 차는 어느덧 고속도로를 접어들며 하루를 마무리한다.

오늘 하루는 향기로운 봄나물을 맛본 것 같다. 보고 싶었던 곳! 충정으로 물들인 그리운 임! 포근한 향기로 가득 채운 하루는 그렇게 가슴속에 스며들고 있었다.

신선 거문고 소리에
장단 맞춘 비슬산

5월의 첫날! 진달래꽃 화려하게 단장한 계절의 여왕을 그리며 아침 일찍 그리운 임 소식처럼 다가서는 이슬비에 걱정도 모두 접어 두고 산악회원들과 함께 비슬산으로 길을 떠난다.

이맘 때면 이 땅의 풀 한 포기, 나무 한 그루도 새로운 태동에 들며 꽃단장을 하며 마음껏 향기를 뽐내고 화려한 자태로 유혹의 손길을 뻗치곤 한다. 오늘도 그 유혹을 견디지 못하고 궂은 날씨에도 나들이 차량은 경주를 하듯 늘어만 가고, 차창에 비치는 풍경 하나에도 계절의 변화를 느끼며 넉넉한 마음까지 봄비에 젖어 들며 비슬산은 눈앞으로 성큼 다가왔다.

수필은 향기를 남기고, 시는 흔적을 남기고

소재사에서 추억을 심고!

　오늘의 출발점, 자연휴양림 주차장. 아직까지 이른 탓에 먼저 온 텃세를 부려 가며 널찍하게 자리를 잡고 스트레칭으로 가볍게 몸을 풀고 출발을 한다. 포장길의 아쉬움이 지루하게 느껴질 무렵 나타난 신라 고찰의 명문가, 소재사! 너무도 깨끗하게 단장된 아쉬움이 옛 맛을 잃어버리게 하지만 그래도 명문 사찰답게 그 기상이 의젓함에 잠시 촬영으로 추억을 심어 놓고 올라선다.

　자연휴양림 길은 고운 향기가 포장길을 덮으며 봄의 뜨락으로 은은하게 번져 온다. 갓길에 늘어선 방갈로 이름은 누가 지었는지! 이름까지 곱기만 하다. 자작나무집, 잣나무집, 산벗나무집, 팽나무집…. 구맛내골을 타고 흐르는 물줄기처럼 이름 하나에 자연과 하나가 된 듯 마음이 시원해져 온다.

　땀내음이 몸을 적실 무렵 나그네들의 목마름을 어떻게 알았는지 다소곳이 자리 잡은 금수약수터에서 달콤하게 목을 잠시 축이고 다시 힘찬 발걸음을 내딛으며 비슬산의 호젓한 산길에 미끄러지듯 걸음을 재촉한다.

세상을 볼 수 있는 곳, 대견사 터

　미묘한 하늘빛은 구름을 차츰 걷어내고 안개를 피웠다 거두었다 되풀이한다. 오르는 사람들의 얼굴에는 숨 가쁜 고통은 있어도 몸은 봄날처럼 가볍고, 만면에는 웃음이 봄빛을 받은 꽃무리처럼 가득하다. 산을 오르는 사람들을 보면 모두가 그렇다. 힘든데도 불구하고 힘들다는 고통보다 오르는 기쁨으로 화색이 돌고 있다. 이것은 자연과 하나가 되는 편안함을 느끼기 때문이리라!

　이윽고 도착한 대견사 터. 넓게 터를 이루고 있는 대견사 터에는 자연 건축 조각상이 즐비하다. 거북바위, 스님바위, 코끼리바위…. 잘 짜여진 구성물은 황홀한 가람을 연출하고 그를 배경으로 추억을 담는 얼굴엔 화사한 봄이 깃들어 있다.

얇은 사 하이얀 고깔 고이 접어서 나빌레라

　대견사 터에서 추억을 심고 계단을 올라서니 피어오르는 안개가 화려한 봄의 색 분홍빛을 감추었다 보였다 되풀이한다. 겨우내 그리워했던 고운 빛깔들이 연두색을 띠는 가운데 진달래꽃이 군락을 이루고 있어 보는 이들에게 환성을 자아내게 한다. 참으로 하늘이 만드는 장관이요, 땅이 빚어내는 아름다운 연출이다.

부드러운 미소로 바라보는 사람들조차 비 온 후 갠 하늘의 색을 닮아 가고, 나도 모르게 입가에 조지훈 님의 시 「승무」 한 편이 떠올라 읊조려 본다. "얇은 사 하이얀 고깔 고이 접어서 나빌레라. 파르라니 깎은 머리 박사고깔에 감추오고 두 볼에 흐르는 빛이 정작으로 고와서 서러워라…."

산수화 한 점 그려 하늘에 뿌리고

꽃에 취하니 마음이 바뀌었다. 길을 더하여 비슬산 정복에 나선다. 마음만 먹으면 반은 완주! 부드러운 능선길이라 유혹하니, 금방 따라나서는 회원이 늘었다. 그러나 산에 능선만 있으면 무슨 재미가 있으랴! 월광봉을 거쳐 비슬산 정상을 오르는 대견봉 산행 길은 가쁜 숨소리에 하늘을 열고, 안개를 걷어내는 수려한 용모는 부드러우면서도 힘찬 곡선을 겹쳐 가며 대자연의 교향곡과 함께 산수화 한 점 그려 하늘에 뿌리고 있다.

여기는 정상, 비슬산 대견봉

감언이설에 속아 따라오는 회원의 원망이 와 닿는 듯, 귀는 간지럽기만 한데 어느덧 다다른 정상! 진달래꽃 화색에 인산인해를 이룬 정상은 혼란 속에 질서가 공존하고 있고, 정상의 기를 듬뿍 받아 임에게 날려 보내니 화사하게 피어 있는 진달래 꽃길 따라 이내 봄 소리 되어 되돌아온다.

이 많은 사람들이 즐기는 저 꽃들도 찰나에 나타났다가 찰나에 사라지는 것, 인생 자체도 제행무상인 것을, 모두가 아는지! 추억 담기에 바쁘고 한참을 지난 후에 펼쳐진 진달래꽃밭에서의 밥상은 진수성찬은 아닐지라도 그 맛은 일품! 바로 진달래꽃 빛 비빔도시락이다.

여유로운 하산길을 신선놀이로 마무리하며

금강산도 식후경이라! 배불리고 내려서며 뒤돌아보는 대견봉은 거문고를 타고 있는 신선의 모습을 닮았다고 하여 비슬산이라 이름 붙였다는 연유를 알 것 같다. 아쉬움도 멀리, 진달래꽃도 멀리하며 내려서는 유가사 급경사 길은 오늘따라 예사롭게만 보이지 않는다.

가쁜 숨을 몰아쉬며 오르는 객을 보고 여유롭게 웃으면서 고행 길 안내를 하니, 사람 팔자 시간문제 여기서도 통한다. 뒤질세라 앞지르며 걸음은 점차 빨라만 가고, 수도암지나 유가사에 이르러 부처님 전에 참배하고 석수에 목축이니 맥주 맛 부러움은 금방 사라지고, 계곡에 발 담그고 마무리로 단장하니 상춘객의 설레는 가슴 하루를 잠재우며 오늘 하루 봄나들이도 신선놀이로 마침표를 찍는다.

그리움의 하늘나라, 설악산

가을이면 그리움의 땅이 있다. 더욱이 산을 좋아하는 산(山)사
람에게는 이 가을이 그리움의 계절이며, 보지 않고는 견딜 수 없
게 가슴 설레는 보고픔을 안겨 주는 기다림이 밀려드는 그런 계
절이다. 간밤 늦게 출발한 산악회 버스는 먼 길을 달려 이렇게
마음 한구석을 가을을 위해 비워 둔 사람들을 고즈넉한 새벽녘에
설악산 한계령 입구에 내려놓았다.

삼거리에서 숨을 고르며

밤하늘에는 별빛만 소리 없이 자리를 잡고 새벽길을 재촉하는

사람들은 정적을 깨트리며 하나둘 밝혀지는 헤드랜턴 불빛을 따라 서북능선을 향해 발걸음을 분주하게 움직이기 시작한다. 걸음의 무게는 수면 부족만큼이나 무거워 오지만 가을 숲 가득히 불어오는 상큼한 향기를 기대하며 차오르는 숨을 뒤로하고 고개를 오르고 오르니, 대청봉과 귀떼기청봉을 가르는 삼거리에 다다른다.

이곳 삼거리는 한계령에서 서북능선이나 대청봉을 오를 때 어김없이 쉬는 휴게소와 같다. 언제나 이곳에 오면 많은 산악인들이 한숨을 돌리며 숨을 고르고 있다. 오늘도 여느 때와 마찬가지로 앞서 출발하였던 타 산악회 회원들이 많이 보인다. 일부는 대청봉 길을 따라 외설악 방향으로 가는 사람들이고, 일부는 귀떼기청봉 길을 따라 내설악 방향으로 가는 사람들이다.

찬 새벽 공기 속 귀떼기청봉을 향하는 길

새벽 공기가 기다림에 차다고 느껴질 무렵, 회원들이 속속 도착을 한다. 안내표시판이 워낙 잘돼 있어 길을 혼동할 염려는 없다고 생각을 했으나 혹시나 하는 염려에 회원들이 다 올라오고 나서야 미명의 하늘을 바라보며 일출 시간을 맞추기 위해 바쁜 걸음으로 다시 귀떼기청봉으로 향한다.

귀떼기청봉을 향하는 길 곳곳에서 산중 미인들의 미모 자랑이 시작된다. 나무들은 고운 색을 입혀 가기도 하고 벌써 단풍을 마무리하며 추억의 낙엽 길을 만들어 내기도 한다. 사람은 산줄기를 따라 오르고 산은 물 흐르듯 채색 준비를 위한 붓을 들고 한 발 한 발 아래로 내려서고 있다.

일출, 꿈결에 젖어들다

귀떼기청봉을 앞둔 너덜지대에 이르러 시계를 보니 일출 시간이다. 그러나 동쪽 하늘엔 아직 태양의 모습은 보이지 않고 오늘 일출도 날씨 탓에 틀렸구나 하고 고개를 돌려보니, 땅에 닿지 못해 걸쳐 있는 운해가 가관이다. 하늘 위에서 맴돌다 산중턱을 에워싸기도 하고 발아래 구름언덕을 이루며 펼쳐 있다가 바람이 불면 백발을 풀고 바람 따라 낯익은 듯 다가와 차가운 얼굴을 맞대기도 한다.

일출 시간이 약 30분 정도 지났을까? 동쪽 하늘에 엷게 퍼지는 붉은빛이 조심스럽게 보이기 시작하며 세상을 비추고자 하는 작은 몸부림을 치고 있다. 떠오르는 일출 빛과 구름 따라 움직이는 산의 빛깔이 너무도 곱다. 운무를 나지막하게 두르고 겹겹이 어깨를 걸고 늘어선 산들, 키 높이를 서로 견주어 가며 설악산이 눈을 뜨고 있었다.

　잠에서 깨어난 설악은 거친 돌을 뛰어넘으며 서걱대는 바람 소리로 옷깃을 여미게도 하고, 아스라한 운무 속에 잠시 가두며 꿈결에 젖어드는 느낌으로 희열을 느끼게도 한다. 너덜지대 산행 길의 발걸음이 무거워질수록 가슴을 두드리는 바람에 마음의 짐은 점차 가벼워지고 있다.

귀떼기청봉에서 구름산책에 취해

　귀떼기청봉에 이르러 다시 회원들을 기다리며 아침 도시락을 청해 보지만 구미를 당기지 못한다. 이어질듯 끊어질듯 서로를 지탱하며 붙들고 있는 산줄기를 따라 쫓아다니며 미색에 빠져 있는 마음의 눈을 뗄 수가 없어 식사도 대충 마무리하고는 다시 고개를 들어 사방을 둘러본다.

　남쪽으로는 남설악의 위풍을 자랑하는 가리봉산이 위용을 뽐내며 가까운 곳에는 갓 채색된 빛을 머금고 있는 화사한 모습을, 멀리로는 산골짜기 휘어잡는 구름이 염원의 중턱까지 차올라 푸른빛을 갈라놓으며 은빛 운해의 장관을 연출하기도 한다. 그러나 마음 한구석을 후비며 들어오는 또 다른 모습은 곳곳에 허물어져 내린 산사태의 모습이 수해의 참상을 말해 주며 가슴을 아프게 한다.

잠시 구름산책에 취해 있을 무렵, 후미가 이윽고 도착한다. 애당초 생각했던 산행코스가 대승령을 지나 서북능선의 끝, 안산까지 가기로 마음을 먹고 사전에 양해를 구한 터라 출발을 알리고 바쁜 걸음으로 혼자 길을 나선다.

무상무념(無想無念)의 마음으로 바위에 앉아

너덜지대를 지나며 이어지는 숲길에는 가을바람이 나무를 흔들며 맑은 향내를 품어내며 일상에 쓰러진 마음을 정화시키고 있다. 한참을 작은 오름과 내림을 반복하며 안산을 머리에 이고 있으니 마음이 바쁘다. 그래도 설악의 진경을 포기할 수 없어 쉼 없이 걸으며 놓치기 아까운 곳곳의 경관을 카메라에 담다 보니 대승령에 이른다.

걸음을 잠시 멈추고 설악에 다시 취하며 그 모습 취하니, 어느새 주위는 찬란한 햇살이 켜켜이 둘러싼 구름을 밀어내고 바로 눈앞에 안산의 오름길이 보인다. 그러나 길을 들어서려고 하는 순간, 휴식년제 구간이라 출입 통제라 한다.

통제선을 넘고 싶은 갈등을 뒤로하고 아쉬운 마음으로 되돌아 달리다 보니 소란스러운 구경꾼들이 전망대를 메우고 있다. 구룡폭포, 박연폭포와 함께 우리나라 3대 폭포 중의 하나인 대승폭포가 긴 노랫가락과 함께 산수화 한 폭을 그려 내며 거대한 적벽의 양팔을 벌리며 껴안아 준다. 잠시 동안 사람과 자연의 포옹이 시작된다.

아쉬운 것은 수량이 넉넉하지 못해 안내도 사진보다 폭포 물줄기가 가는 것이지만, 그 아름다움은 나무랄 것이 없다. 신라의 마지막 임금인 경순왕께서도 피서지로 이용했다고 하니 빼어난 경관은 시대를 초월하여 많은 사람들이 찾도록 하는 모양이다. 전망대 옆 바위에 앉아 적벽을 보니 벽에 걸려 있는 노송들의 자태가 그렇게 좋아 보일 수가 없다.

옛말에 촌간지송(村間之松)은 기수장이(其壽長而) 오백(五百)이오, 산간지송(山間之松)은 기수단이(其壽短而) 칠백(七百)이라 하였다. 즉, 마을에 자라는 소나무는 그 수명이 길다고 하여도 5백 살을 넘지 못하고, 산속에 있는 소나무는 그 수명이 짧다고 해도 7백 살을 넘는다는 말인데 이렇게 아름다운 산수를 끼고 있는 노송들의 수령은 얼마나 되었을까 궁금해진다. 무상무념(無想無念)의 마음으로 바위에 앉아 있으니 시원한 바람에 이제 눈이 감긴다.

하늘 아래 하늘나라, 땅 위의 하늘나라

후미가 예상보다 너무 쳐져 있는 것 같다. 발길은 장수대매표소로 향해 내려오는데, 아래로 내려올수록 지친 사람들은 고단함의 원성을 내뱉고 있다.

하산을 완료하고 배어 있는 땀 냄새를 씻어 낼 곳을 찾으니 마땅치 않다. 국립공원 내에는 계곡물에 씻는 것이 금지되어 있어 공원을 벗어나 한적한 계곡물에 몸 담그고 신선놀음을 즐기니 여기가 무릉도원이다. 여유롭게 몸단장을 새롭게 하고 장수대 입구로 올라서니 회원들이 하나둘 도착을 한다.

하루를 피곤함도 잊은 채 마무리하고 톨케이트에 접어드니 설악산이 그립다! '하늘 아래 하늘나라, 땅 위의 하늘나라'라고 하는 설악산! 설악산의 거처가 어느새 가슴속에 들어앉아 숨을 쉬고 있다. 설악산 아련한 풍경이 또 산을 그립게 하고 있다.

독서유감(讀書遺憾)

사람이 세상을 살아가는 데 있어 좋은 습관과 취미를 가지는 것은 자기 발전적 기초를 다지는 아주 중요한 일이다. 그중에서도 책을 가까이한다는 것은 마음속에 영혼의 빛을 밝게 비추어 주는 좋은 스승을 곁에 모시고 있는 것과 같다. 그러나 통계에 의하면 한국 성인의 독서량은 부끄럽게도 한 달에 한 권의 책도 채 읽지 않는다고 하니, 국가 경제나 스포츠 등 다른 부분에 있어 세계 속의 한국 위상과 비교해 볼 때 독서 후진국으로서 실로 반성해야 할 부분이 아닌가 싶다.

"사람은 곧 그가 읽은 책이다."라는 말이 있다. 이 말은 책을 통하여 저자와 공유할 수 있는 사고와 또 다른 보이지 않는 독자와 같은 사고로 인간관계를 형성하고 커뮤니케이션 능력을 키워

사회성을 향상시키며 새로운 지혜의 가치를 높일 수 있다는 뜻이라고 할 수 있다. 특히, 현대를 살아가는 성인들의 경우 독서를 한다는 것은 글로벌시대의 환경 변화에 능동적으로 대처할 수 있는 자생력을 길러 주고 개인의 역량 계발을 통하여 조직의 발전을 이루는 것임에도 불구하고 놀랍게도 독서에 대한 문제 인식이 상당히 부족하다는 것이다. 한 권의 책을 읽는다는 것은 환경보다도 마음가짐에 달려 있음에도 불구하고, 환경을 탓하며, 독서가 자기 자신의 변화를 추구하는 삶의 기폭제가 된다고 생각하는 것이 아니라 방해가 되는 귀찮고 하찮은 일로 여긴다는 것이다.

　이러한 생각의 가장 근본적인 이유는 개개인이 독서의 중요성을 등한시하고 회피하며 책을 읽어야 되겠다는 기본자세가 되어 있지 않다는 것이다. 독서가 내 삶 속 가장 가까운 곳에 존재하는 길잡이로서 삶을 깨어 있게 만들 뿐 아니라 개인의 에너지를 충전시켜 주는 동력이며 자아 형성을 할 수 있는 최선의 방법이라고 생각하지 않고, 내가 쉴 수 있는 휴식을 뺏어 가는 불필요한 행위라고 생각한다는 것이다. 실로 아둔하고 비생산적이며 퇴보적인 발상이 아닐 수가 없다. 물론, 독서를 한다고 모든 사람의 생활이 당장 윤택해지고 반드시 성공하며 행복해진다는 보장이 있는 것은 아니다. 그렇지만 성공한 사람들을 살펴보면 모두가 애독가임에는 틀림없는 사실인 것 같다.

수필은 향기를 남기고, 시는 흔적을 남기고

인터넷 왕국을 설립한 '빌 게이츠'도 성공의 모태에 대해 "내가 살던 마을의 작은 도서관이 나를 만들었다."고 하였으며 토크쇼의 여왕 '오프라 윈프리'는 흑인 빈민가에 태어나 14세에 임신을 하고 20대에 마약을 하며 방황 속에서 인생의 낙오자로 전락할 위기를 맞았지만 독서를 통하여 깨달음을 얻고 고난을 극복하여 성공한 여성의 대명사가 되어 지금은 독서의 중요성을 많은 사람들에게 알리고 있는 독서전도사가 되었다고 한다.

또, '에이브러햄 링컨'은 남북전쟁에서 승리한 후 승전 축하파티 연설에서 "나는 지금 두 분의 여성에게 감사를 드립니다. 한 분은 저에게 책읽기의 습관을 붙여 주신 나의 새어머니이시고 또 한 분은 『톰 아저씨의 오두막』을 써서 나에게 흑인의 슬픔을 일깨워 주신 스토우 부인이십니다."라고 하였다. 결국 미국에서 최고의 존경을 받고 있는 링컨 대통령도 책을 통하여 훌륭한 지도자로 태어났음을 알 수가 있다. 나폴레옹도 죽을 때까지 8천여 권의 책을 읽었다고 하니, 위대한 정복자나 성공한 사람들에게는 '독서'라는 인생의 지침서가 필수적으로 따라다니고 있었다는 것에 대해서는 더 예를 들지 않아도 두말할 나위가 없는 진실로 확인이 되고 있다.

아직도 아프리카인은 책과 생활을 연관시키지 않고, 아시아 사람들은 책을 여가의 수단으로 알고, 서구 유럽 사람들은 책을 생활의 중요한 일부분으로 알고 있다고 하니 독서에 대한 인식이나 수준 차이가 국가 경제와 직결된다는 것을 객관적으로 보여 주는 한 부분이 아닌가 한다. 독서는 내가 경험해 보지 못한 과거와 현재와 미래의 많은 선각자들과 대화를 하게 하여 경험하게 하고 상상토록 하여 자기 자신의 가능성을 점지하도록 하는 마력을 가지고 있다. 즉, 그 시대를 책을 통하여 배우고 익히도록 하여 보다 나은 생각과 행동으로 미래의 새로운 목표를 향해 정진할 수 있는 힘을 키워 준다.

독서는 음식과 운동으로 체력을 배양하듯 뿌듯한 정신적 포만감을 느끼도록 하여 마음을 풍성하게 살찌우고, 내가 가고자 하는 길로 올바로 갈 수 있도록 충실한 삶을 설계토록 한다. 좋은 책을 읽는다는 것은 우리 생활 속에서 아름다운 꽃향기를 맡고 맛있는 과일을 먹는 것에 비교할 수 있다. 또, 독서는 마음을 다스리며 나를 가치 있는 사람으로 만들어 준다. 책은 읽는 사람과 함께 희로애락을 같이하며 머리를 깨끗하게 비워 주기도 하고 알차게 채워 주기도 한다. 즉, 마음을 다스리는 가장 훌륭한 처방약이며 늘 자신에 차 있는 생기 있는 얼굴로 나와 대화하는 상대를 기쁘고 즐겁게 만들어 주는 묘약과도 같다.

이와 같이 내 삶을 플러스시키는 성공적인 변화는 자연적으로 일어나는 것이 아니라 책을 가까이하고 책을 통하여 일어날 수 있음을 독서를 함으로써 실감할 수 있다. 요즘은 곳곳에서 출판되는 좋은 책이 넘쳐나고 있어 마음만 다져 먹고 손을 내밀면 좋은 책을 접할 수 있는 기회가 많다. 그러다 보니 가끔은 책이 독서를 위한 비치가 아니라 장식을 위한 보관인 경우가 더러 있다.

조선시대 실학자 연암 박지원 선생님께서는 책을 열심히 모아 서재를 꾸민 선비에게 다음과 같이 고언을 하셨다고 한다. "무릇 물고기가 물에서 놀면서 눈으로 물을 보지 못함은 무슨 까닭인가? 보이는 것이 모두 물뿐이니 물이 없는 것과 마찬가지 아닌가! 이제 자네의 책이 마룻대까지 닿고 서가에 그득 꽂혀 전후좌우로 온통 책뿐이니 마치 물고기가 물속에서 노는 것과 다름이 없네."라고 하셨다고 한다. 참된 독서의 즐거움을 깨우치게 하는 가르침의 말씀이다.

나도 가끔 서재방의 책장에 쌓여 가는 책을 자랑스럽게 생각하고 늘어나는 책을 보면 마음이 흐뭇해져 왔다. 그러나 이 세상에서 가장 비싼 책인 읽지도 않은 책이 서재에 늘어나는 것을 보면 아직도 일상을 독서하는 마음으로 살지 못하고 지적 허영심만 추구하고 있는 것 같아 부끄럽기만 하다.

독서하기에는 가을이 좋다고들 한다. 하지만 그건 정말 아닌 것 같다. 하도 독서를 하지 않으니 가을만이라도 독서를 하자고

만든 말이 아닌가 싶다. 독서를 하고자 하는 마음만 있다면 계절에 상관하지 말고 주어진 환경을 따지지 말고 독서하는 좋은 습관을 한번 길러 본다면, 참 재미있고 변하지 않는 다정스럽고 소중한 친구 같은 취미가 되리라 본다. 안중근 의사께서 뤼순감옥에서 쓴 유묵으로 남기신 "一日不讀書口中生荊棘(일일불독서구중생형극)" 즉, "하루라도 책을 읽지 않으면 입안에 가시가 돋는다."는 말씀을 다시 한 번 더 가슴속에 새기면서 사시사철 장소불문하고 독서삼매(讀書三昧)에 빠져 보았으면 한다.

아름다운 하늘 아래서
살아갈 긴 나날
내게 주어진 세월을
정갈하게 빗질하고
맑은 물길 내어
아름다운 날들을
삶으로 기약한다

2부

시 는 흔 적 을 남 기 고

1
봄의 길목에

봄

드러내지 않은
그리움의 생채기를 보듬어 본다

아픈 상처였을까

말없는 침묵으로 얼어붙었던 부위는
서서히 도려지고 이내 초록빛으로
한 겹 한 겹 채워 나간다

곱디고운 봄이다

봄의 길목에

봄의 길목에 고운 향기 품고 나들이 나선다

스쳐 가는 차창 너머로 부는 봄바람이
머릿결을 타고 향긋하게 흘러 들어온다

흐르던 고운 바람결은
아름다운 선율로 다가와 속삭이고
형언할 수 없는 기쁨으로 범람하며
탐스럽고 소중한 강을 이룬다

세상이 만들어 준 고독도 그리움도
지금 이 순간에는 사랑만 고이 남겨 둔 채
내가 나에게 흠뻑 담겨져 시들지 않는
환희의 꽃으로 아름답게 피고 있다

봄 터

봄이 오는 여울목에 곱게 핀 모습
화사한 그 모습은 아름답게도 고이 젖어
세월을 다듬으며 가지런히 놓여 있다

현실의 무게에 마음 상하던 통증도
허물어지던 기대에 야속함도 있겠지만
추억으로 사라진 흘러간 세월은
고운 빛만 우려내는 달빛 풍경에 감춘다

세상과 굳게 맺은 소중한 인연 위에
축복받은 나날을 꽃으로 화답하고
언제나 이 터에서 함께하는 눈길이
아름다운 향기로 넉넉한 마음 나누며
봄 터 정원에 잊지 않고 불러 준다

수필은 향기를 남기고, 시는 흔적을 남기고

춘설

화사한 분홍빛으로 거리를 에워싼 벚꽃이 진다
바람결에 꼬리 흔들며 춘설을 불러온다

무심코 지나치다 발아래 바라보니
소복이 봄빛이 아로새겨져 있다

빛을 잃어 가도
고운 향기는 살아 숨 쉬고

오늘따라 낡아 가는 내 모습은
지는 벚꽃 따라 멋쩍어 진다

사랑의 봄 자리

너무나도 좋은 꽃길 그리운 봄날
온 세상을 다 얻기라도 한 듯
두 팔 벌려 뜨거운 입맞춤을 보낸다

지고지순한 마음은
사랑의 봄 자리에 형형색색 꽃물 들이며
세월을 더하여 그 아름다움을 물들인다

사계절을 서성이다 곁에 맴돌며
가슴 그림자를 감추기에 무던히 애쓰던 날
그런 날에는 주저 없는 발길은 봄 곁에 가 있었다

그런 세월 속에 쓰라린 마음 잠재우고
삶의 긴 여정에 힘들고 지쳐 뒤돌아보면
놓을 수 없는 것이 행복이라는 이치를 깨닫게 해 준다

만남이 마냥 설레는 황홀함이 아니어도
기다림이 마냥 그리움으로 다가오지 아니하여도
마음속에 소리 없이 고이 자리 잡고 있는 정원에는
변함없이 자리 잡고 행복 미소를 띠어 준다

오월의 편지

단아한 옷매무새로 포근한 빛 기다림을 안고
봉오리마다 사랑의 편지를 담은 고운 빛 쏟아낸다

풀 향기마저도 소담스러운 바람에 넋을 맡긴 채
순결한 이름 새기며 연둣빛 그리움으로
짙은 자리를 넓혀만 간다

세월의 흐름을 돌려 꽃 속에 빨려 들어가듯
막연하고 수줍음으로 만남을 한다

참으로 아름다운 사람을 만나고 싶었던 꿈이
은은한 향과 맛으로 머물며 손을 뻗치면 전율로 흘러와
모습 볼 때마다 행복한 눈물을 느낄 수 있다

동행하는 꽃마다 향기 같은 미소 지켜보며
한 올 한 올 엮어서 둥지를 곱게 트고
가슴 여민 곳마다 정성스럽게 고이 담아
귓가를 스치는 바람마저 붙잡고
잔잔하게 가슴을 기울이고 있다

하늘빛

상큼한 바람 타고
포근한 미소 머금은 고운 햇살로 다가온다

심연에 뿌리 깊게 내린 세월의 하늘빛은
온통 그리움으로 변했지만
채워 있는 향기를 들춰내어 마음 한구석 기대어 보면
어느새 황홀한 입맞춤은 소박한 꿈이 되어 천지에 피어오른다

무거운 머리 들어도 모든 것을 다 드러내지 못하고
현실을 떨쳐 버리고픈 망상에 마음 저릴 때도 많지만
보고 싶을 때 보고 싶은 자리에 둘 수 있다는
행복 하나에 위안하며 아쉬움의 흔적을 하늘에 달래어 본다

첼로 선율처럼 은은하게 다가오는 봄 하늘의 세레나데는
전율하는 기쁨으로 한 아름씩 곱게 피어내려
그리움을 더욱더 그리워한다

당신이 있기 때문입니다

꿈속에서 보일 듯 감춰진 듯 모습 보이다
맑은 햇살처럼 다가오는 그리운 모습이
물빛 풀빛 하늘빛 닮은 그리움으로 피어나는 것은
색색 꽃 피우는 봄 당신이 있기 때문이다

하루에도 수십 번
꽃길 가득한 뜨락을 거닐고 싶고
그 향기 가득 담아 꽃 잔치 벌이고 싶은 것도
봄 당신이 있기 때문이다

봄비에 젖어드는 꽃잎에
더 남겨 두지 못하는 아쉬움이
애달픔으로 다가서는 것도
봄 당신이 있기 때문이다

금오도 비렁길

휘날리는 봄 뱃길이 바다를 흔든다

삶에 찌든 옹색함도 바닷빛에 넋 담구고
따사로운 햇살에 여유를 즐기며
언덕길을 따라 바람 위로 오른다

벼랑 사이 바람길 틔운 동백나무는
사그락거리던 숨소리 한줌으로 거두고
스쳐 가는 객의 땀을 흠뻑 훔쳐 낸다

바다와 억겁 세월을 같이한 벼랑 끝 하얀 파도는
뭍으로 내달리며 손길을 내밀고
다정스런 입맞춤으로 봄의 왈츠를 청한다

야속하게 돌아서는 먹먹한 마음에
섬 하나 가슴에 띄워 촉촉이 보듬어 내고
이 시간이 못 견디게 그리우면 발길 돌려 반기고 싶다

수필은 향기를 남기고, 시는 흔적을 남기고

2

여름 잔상

당신이라는 이름

아침 창을 열어 보면
아름다운 음악에 젖어 흐르는 고운 선율처럼
말없이 다가오는 당신이라는 이름
그 이름의 향기가 내게 있어 행복하다

실핏줄 하나까지 뜨겁고 깊게 타고 흐르는 긴 물결은
몸부림에 뒤척이며 짜증스러울 때도 많지만
그 세월의 시간도 또 다른 나처럼 머무르고 있다

이제는 한발만 멀어져도 가슴 저려 오는 시간이 오겠지만
한순간도 손을 놓지 않으려는 몸부림에
또 하나의 따뜻한 그리움의 위안을 삼으며
계절의 그림자를 짙게 드리운다

수필은 향기를 남기고, 시는 흔적을 남기고

혼을 가슴에 묻고

가까이 있어도 그립고
떨어져 있으면 더 그리운 날
오늘 머리맡에 땀 내음 나는 향기를 심고
이마에 입맞춤을 보낸다

전해 오는 뜨거운 열정
엄습하는 전율
뜨거움은 혼이 되어 빛으로 스며들며
화려한 산책을 시작한다

물결 이루고
환하게 물살 내젓는
이내 몸은 꽃구름 되어 피어난다

그리움 깊은 날에

참다 참다 못 참는 그리움 깊은 날에
홀로 보고픔 견디지 못해 풍경 속에 빨려가
계곡 속에 담긴 당신에게 손짓을 한다

혹여 잡는 당신 손길 더럽힐까 봐
곱게 씻고 또 씻어 간추려 내밀어도
물결에 실린 내 모습은 부끄럽기만 하다

혼탁하던 마음도 숨소리마저 작아지며 엷어지고
마음 한 모퉁이만 기도하듯 다듬어
그리움 깊은 날에 추억으로 남긴다

수필은 향기를 남기고, 시는 흔적을 남기고

여름 잔상

가슴마다 지핀 불을 삭히지 못해
차오르는 보고픔은 울대까지 들먹이며 피어오른다

촉촉이 젖어드는 이슬로 사지를 채우고
아리도록 스며드는 탈진한 모습은
풀죽은 몸짓으로 거슬러 내린다

온종일 뒤척이던 작은 몸 하나는 탈출을 기도하며
먼 하늘 뜬구름 따라 작은 형상 장대로 올려 헤집어 오른다

폭포

끊어질듯 이어지는 작은 몸짓의 집합
스쳐 지나가는 바람 소리까지 모아 준다

살아 있음을 뽐내는 싱싱한 기상은
용맹스런 포효에 저항이 없다

철통같은 암반을 후벼 파듯 두들기며
허물어진 가슴에 나이테를 새기니

화려한 군무에 울려 퍼지는 함성은
포말 일군 길 따라 터지는 폭죽이다

달음산

바다 치솟아 꼬리 자르고
하늘인 양 땅인 양 맞닿은 곳에 서 있다

등 휠 때마다 내보이는 풍경의 성불
속 들여다보면 애써 가는 길 또렷하고
산 빛 옷깃에 담은 무심 발자국 소리로 채운다

나지막하게 속삭이던 시원한 가슴 길은
오름길 따라서는 가슴 후비는 숨으로 가득 차다

사랑 몸짓 하나에 하늘 덮고 오르니
새순들이 바위 품고 신록 향연 벌이고
화려한 만찬에 유월은 깊어 간다

용제봉

산이 서 있지 않고 흘러가고 있다
고운 바다 빛 넘쳐 피어오른 안개 속에 흘러가고 있다

고즈넉한 기운에 마음은 후덕해져 오지만
세상사 미련 못 잊어 승천 미룬 용 모습에
마음 모서리 한편도 애처롭게 흘러가고 있다

땀방울 길 따라 들어선 숲길엔
바람마저 소리 남기지 않고 떠나 버리고
나 홀로 남아 스치고 지나는 것 반기고
그리움 지샌 모습으로 다가오는 하나의 풍경
나리꽃이 아름다운 자태로 세상 시름 잊게 한다

이렇게 낡아 버린 삶의 조각들도
임 모습 따라 들쳐 메고 나오면
한 컷 한 컷 스치며 숨 가쁘게 지나친 시간들이
평안한 모습으로 위로를 받는다

천성산

심신이 지쳐 갈 때쯤이면 간절한 돌파구를 찾는다
천성산 그곳은 적당하게 나를 정화시켜 주는 곳이다

넘치지 않는 높이
햇살을 채집하여 내뿜어 주는 향기
사계절 흐름을 쉬지 않는 계곡

내리막길 노전암 노스님의
따뜻한 공양 한 그릇까지 겸한다면
그날은 바람결에 춤추는 나무와 블루스를 춘다

꽃이 채웠다가 지기도 하고
꽃 진 자리를 길을 막아선 듯 틔워 주는
계곡이 더 적시기도 한다

수필은 향기를 남기고, 시는 흔적을 남기고

물을 타던 가장자리는
어느새 단풍으로 곱게 단장하기도 하고
차가운 기운에 물결 보호하듯
포장한 은빛 비단길을 만들기도 한다

천성산 그곳은
바람 따라 흔들리는 그리움의 씨앗이다
볼수록 사랑스럽고 볼수록 품에 두고 싶은 그런 산이다

산비리속속리산(山非離俗俗離山)

갈령 고개 마루 곱게 핀 저 들꽃은
달빛 별빛 이불 삼아 세상 잊고 잠들었는데
정적을 깨뜨리는 이른 새벽 인기척에
잠기운에 미련 두며 고개 들어 단장(端裝)하네

먼 거리 산행 길 양보 미덕 내세워
여노(女老) 행렬 선두 잡아 형제봉길 올렸건만
어두운길 헤매이다 선두 후미 뒤바뀌니
운수소관(運數所關) 어쩔 수 없소
선두 복(福)은 기대(期待) 마소

형제봉 넘고 피앗재 내려 오르는 천황봉 길
차오르는 숨소리에 새벽하늘 열리고
고운 몸 베일을 한 겹 두 겹 벗기우니
동쪽하늘 부끄러워 붉게 얼굴 내밀고
능선 길 올라서다 가던 발길 멈추고
무간죄보(無間罪報) 멍에 진 몸

수필은 향기를 남기고, 시는 흔적을 남기고

육근청정(六根淸淨) 하게 하사
소원성취 기원하고 발길 돌려 재촉하니
천황화동(天皇花童) 저 멀리서 붉게 옷 차려 입고
피곤에 지친 객을 어서 오라 반기네

천황정상 올라서니 끝없는 저 산들은
운해(雲海) 속에 모습 가려 호호기천(浩浩其天) 널려 있고
허기진 배 잠시 잊고 넋을 잃고 바라보며
선남선녀(善男善女) 꿈을 젖어 구름 속을 노닐다가
노당익장(老當益壯) 큰소리에 단 꿈 접고 배 불리네
마음 두고 돌아서며 산죽(山竹) 길을 내려서니
비로봉 위용 앞에 천황 비경 금방 잊고

입석대 솟은 바위 한량없이 칭찬하다
기기묘묘(奇奇妙妙) 솟은 바위 그냥 두고 갈 수 없어
옛 추억을 생각하며 바위 타고 올라서니
아래 세상 저 세상은 어디 갔나 보이지 않고
가슴속에 품고 있는 뜨거운 이 마음은
한평생 임 붙들고 이곳에서 살고 싶네

잠시의 여유작작(餘裕綽綽) 접어 다시 정리하고
신선대 막걸리에 신선 기분 내려다가

세상인심 잃고 사는 주점 아낙이 다 빼앗고
무거운 발길 바삐 돌려 문장대에 올라서니
담소자약(談笑自若) 그 모습은 비바람이 밀어내도
머리 위에 무거운 짐 홀로 들고 이고서
세상 사람 날 닮으라 묵묵히 솟아 있네

문장대 내려서며 갈 길을 바라보니
까마득히 펼쳐 있는 능선 끝이 어디 메냐
같이 가자 부여잡는 후미대장 기다리며
한 쪽 두 쪽 나눠 먹는 과일 맛은 천하일품(天下一品)
남은 길이 아직 멀어 중도하산 이산가족
각자 길로 들어서며 안전 산행 기원하는
너그러운 그 마음은 따사롭기 한이 없네

밤티재 가는 길은 마지막 시험인가
잡아 주고 끌어 주고 받쳐 주고 밀어 주니
그 험한 산길도 사뿐히 내려서고
다 왔구나 안도의 숨 몰아쉬어 보지만
여보게 늘재는 한 고개가 더 남았네

지친 마음 지친 몸을 가누지를 못하고
밤티재에 몸 맡기고 누워 버린 일행을

수필은 향기를 남기고, 시는 흔적을 남기고

또 한 번의 이산가족 작별을 고하며
옹골찬 마음을 가슴속에 묻고서
한발 한발 내딛으며 산에 취해 오르니
늘재 고개 종착 길에 박수 소리 요란하네

* 이 글은 백두대간 종주 15차 '갈령−형제봉−피앗재−천황봉(속리산)−
  비로봉−입석대−신선대−문장대−밤티재−늘재' 구간 산행 시 적은 글
  입니다.

3

가을의 향기

가을이 오면

햇살 빠르게 식어 가는 가을이 오면
스산한 찬바람 가죽 등에 업고
억새 물결 하얗게 장관을 이룬
가을 꽉 찬 능선 좁은 길 따라
하염없이 그 길을 걷고만 싶다

오색 머리띠 둘러멘 가을이 오면
화려한 당신 모습 품에 고이 안고서
산기슭 좁은 터에 자리를 틀고
사랑의 옷깃을 세우고 싶다

먼 산 하늘 솟아오른 가을이 오면
아무것도 감추지 않은 속살 희게 드러낸 채
가을 들판에 등판 드리우고
들꽃 향기 고이 담아 불씨 붙이고
가슴 가득 맞닿은 곳에 두고만 싶다

가을이 오는 길목에서

가을이 오는 길목에서
따뜻한 마음 한 줄기 가슴 타고 흐르는 그리움을 잡고
차 한 잔에 가을을 타서 예쁜 시 한 편 적어 보내고 싶다

가을이 시작되는 그리움의 시간에
청명한 하늘 닮은 고운 풍경화 한 점 그려 넣고
그리움의 여행길 따라 감미로운 음악을 들려주고 싶다

가을이 소리 없이 다가와 꿈의 빛깔 드리울 때
갓 핀 꽃잎 같은 얼굴 고이 받쳐 허기진 마음 달래며
햇살 부르는 들녘에서 가슴 졸이는 숭고한 고백을 하고만 싶다

가을이 오는 길목은
내 마음을 안달 나게 하고 슬픔의 조각을 잊혀 주는
풋풋한 그리움을 기다리는 사랑의 길목이다

가을의 향기

보고픔에 절규하듯 가슴 비비던 시간
그리운 모습으로 빽빽이 채우고
손잡고 날아갈 듯 뛰어오르며
맑은 하늘가에 뭉클한 풍요로움으로
행복의 수를 놓으며 맘껏 달린다

눈을 뜨고 귀를 열면
아름다운 모습이 청아한 목소리 따라 흐르며
마음 온 뜨락을 스며들며 누비고
부드러운 억새 머리칼 사이로 흐르는 상큼한 향기는
푸른 하늘이 내리는 햇살과 어울러
삶의 멍을 하나씩 치유하고 있다

그리움 만난 날

작은 떨림이 시작될 때
눈부신 햇살 쏟아지듯 그리움은 그렇게 다가왔다

흐트러지는 동공은 두려움과 떨림으로 자리하고
해맑은 그리움의 미소는 영혼을 물들이며
목마름으로 채색되어 간다

행여 멀리 날아갈까 소리 없이 숨죽이며
가슴 활짝 열고 마음 한구석까지
바람결에 흐르는 향기조차 쓸어 담았다

이 한밤 또 지나가고 새롭게 다가오면
그리움만 가득 채운 채 속만 검게 타겠지만
긴 밤 지새운 꿈 곱디곱게 접어서
비어 있던 가슴을 그리운 형상으로 가득 채운다

그대의 이름을 부를 때

기을이라는 그대 이름을 부를 때
입가에 마른침이 고이고
심연에 울려 퍼지는 가슴 떨림은 멈출 줄 몰랐다

마음 헹구어 매무새 가다듬고
쉴 새 없이 두드린 가냘픈 손길은
옷깃을 여미며 바람처럼 스며들고 있다

아름답다는 말만으로는 부족한
윤기 흐르는 모습은
눈을 감아도 아련히 다가와
눈부신 꽃잎으로 피어오른다

수필은 향기를 남기고, 시는 흔적을 남기고

막혔던 가슴을 훤히 뚫고
곱게 펼친 뜰 안을 드나들며
향기를 머금을 때면
촉촉이 젖어드는 묘한 감흥은
멀미하듯 머무르며 떠날 줄을 모른다

가을 망상

그리움은 가슴 치며 오르고
고운 형상 놓치기 싫어 발버둥치며
행여 고운 그 모습을 다른 이가 볼까 봐
아쉬움을 마음 구석에 차곡차곡 쌓는다

망상에 젖은 이 마음을 살며시 열어 보니
활짝 웃는 미소로 포근히 와 닿아
곁에 머무르겠다고 속삭이며 입술을 포갠다

행복 담은 조각 하나라도 떨어질까
쓸쓸하고 외로운 사투를 벌이며
가끔은 부질없이 멀어질까 두려워하고
가끔은 욕심 많게 채우지 못함을 서러워하며
가을 한편에 부질없는 꿈을 꾼다

수필은 향기를 남기고, 시는 흔적을 남기고

가을밤

깊어 가는 가을밤
영혼은 잠들 줄 모르고 매달려 있다

세상 형상을 다 그리며
마법에 걸려 벗어날 수 없는 모습으로
세상의 진한 맛을 다시 느낀다

깊어 가는 가을밤은
기억 속에 남아 있는 잔상까지 불러내어
삭히고 외로워하지만
가끔은 추억으로 상처를 치유한다

고독은 누구와도 나눌 수도 채워 줄 수도 없는 비밀로
마음을 잔잔히 울리며 느낌표 하나로 번져 온다

가을, 보고 싶다는 그 말

기다림에 익숙해진 순애보 당신은
애절한 모습으로 보고픔을 담고 와
그리움에 빨리 오라 애틋하게 손짓한다

바쁜 길 내려서다 뒤돌아보며 먼 길 보니
산마루 저 먼 터에 구름만이 걸터앉아
당신 모습 전하듯 온몸으로 산 감싸며
사무치는 마음을 보고 싶다 전한다

그리움

청정 계곡 가장자리에 발길을 내딛는다

덜 익은 숲길은 떠난 추억을 되새기며
그리움 하나 가득 채워 먼 하늘을 메운다

아늑하게 자리 잡은 높은 하늘
안고 있던 구름 한 점 억새풀에 뿌리고
은빛 여울 춤사위로 이른 가을을 달래고 있다

형형색색 드리운 모습 그리워 보고픔 달래고
가지마다 마음 걸어 사연 가득한 연서를 적어 본다

혹 이 연서 받으면
만산홍엽 단장하고 목마름으로 달려오겠지

억새풀

산정에 오르니 가을이 소리 없이 먼저 와
먼 구름 당겨 자리를 잡는다
바람과 함께 사는 억새 사이에
지친 마음들을 하나 둘 가지런히 눕힌다

하늘에 오를 향기 없는 꼬리
꽃가지를 곱게 치켜세우고
간들거리는 코스모스를 벗 삼아
길목에 파수병으로 물들였다

억새 사이로 남은 흔적들은
주워 담아두고 싶은 가을을 다 담지 못하고
빛만 묻히고 돌아서던 그대들이 왔다간
희미한 흔적만 남아 있다

파문 이는 가을날 넓게 펼쳐진 억새풀 사인곡선 바라보다
달빛 뿌리는 날에 소리 없이 다가와 다시 취하고 싶다

가을 잔상

빛바랜 낙엽이 아픈 가슴 따라 뒹굴고 있다
가을의 풍요로움도 그 화려함도 언제였던지 벌써 잊은 채
애달픈 그리움만 남기며 흐느껴 울고 있다

언제나 그 자리에 변함없는 모습으로 지키고자 하는 꿈은
보잘 것도 없이 내팽개친 채
작은 오물처럼 남긴 추억 하나 걷어내지 못하고
온몸은 쓰레기로 둘러쓴 만신창이가 되어 버림을 받고 있다

4
겨울 상념

그날이 그립다

앙칼진 목소리의 여음도 채 끝나지 않았는데
벌써 찬바람 안고 있던 그날이 그립다

손을 놓고 돌아서던 잔상이 아직도 뚜렷이 남아 있는데
소크라테스 악처처럼 정이 익은 그날이 그립다

울려오는 사랑의 여운은 허공을 미끄러져 내려
가슴을 한 층 한 층 메워만 가고
가슴 시린 아픔으로 빼곡히 채우고 있다

아픔을 조각조각 툭 떼어 내어
먼 길 떠나는 길가에 붙들어 매고 싶지만
감싸듯이 안겨 오는 형상에 그날이 그립다

묻어나는 보고픔은 더욱 커져 가고
세상을 남겨 둔 텅 빈 그 자리엔
그리움만 상존하며 연기되어 피어오른다

당신의 선물

황량한 들판에 세찬 바람마저 가득 채우는 향기가 있어
고개 돌려 바라보면 그곳엔
싸늘한 듯 온화한 당신의 선물이 있다

가끔 손을 내밀어도 쉽게 다가서지 못하는
애달픈 아픔이 경계하고 있을 때가 많지만
곧 다가와 앉는 당신의 달콤한 속삭임은
호호거리는 아픔을 터트리며 화롯불의 추억을 불러낸다

오늘 하루도 아름다움만 기억할 수 있는 것도
아무것도 없는 빈 가슴을 헤집고 앉아 있는
당신이라는 선물이 그래도
따스함을 그리움으로 남겨 두었기 때문이다

그리움의 향기를 묻고

삶의 빈터에 아름답게 새겼던 날
떨리는 가슴으로 조용히 손을 내밀어
계절과 동행했던 마지막 강을 건너고 있다

눈부신 날들은 소중한 하루하루를 새겨
별빛보다 더 아름다운 밀어를 나누고
냉담한 눈초리를 거두며 마지막 품에 안긴다

말하지 않아도 지난 시간의 속삭임은
힘찬 바람소리로 귓가에 맴돌고
식어 가는 맥박은 가슴을 떨며
그리움 향기를 묻고
점차 시려 오는 무릎 위에 당신을 눕힌다

수필은 향기를 남기고, 시는 흔적을 남기고

겨울 아침

속절없이 그리운 날 달빛 한 채 짓고
그래도 보고픈 날 별빛 가득 지어 본다

한량없는 그리움에 아린 시간 다독거려 보면
어슴푸레 열리는 아침 미소 한 자락
모든 것이 당신이라는 겨울 아침 형상이다

겨울 햇살

뒤척이다 오늘도 무거운 몸 일으켜 세우며
빈 공간에 가득한 공허한 적막감을 가른다

늘 봐 왔던 모습에 익숙하게만 다가오지만
아침 햇살에는 다른 찬란한 그림자가 있다

그저 이시간이 빠르게 흘러
차가운 숨결 속에 빠져들고 싶을 뿐
찬바람 어루만지는 겨울 햇살에
가슴 억누르는 하루를 씻어 내고 싶다

겨울을 두고 돌아서는 길

텅 빈 머리에 가슴 끓어오르는 상념은
바람 한 자락에도 숱한 그리움을 터트리며
냉기에 젖어 있는 한밤이 가득하다

일순간 곁을 떠나 보면 교차하는 공허와 허무
너털거리며 돌아서는 발길은
보잘것없는 허수아비 형상이다

그러다 세찬 목소리를 귓가에 대면
기운 끌어올려 달빛 아래 풀어 내리고
길게 늘어진 팔 맥박이 뛰고 춤을 추며
풀린 동공은 영롱한 별빛 따라 차갑게 감긴다

겨울 상념

외로움 홀로 담가 놓고 먼 길 와 닿는 하늘가엔
싸늘한 기운만이 온 천지에 가득하고
토해 놓고 싶은 아픔 산처럼 쌓여 간다

달래지지 않을 그리움에 야윈 가슴은 시려 오고
빨리 감긴 검은 시야에 비어 있는 시간들은
숨찬 흐느낌으로 긴 밤을 새우기만 한다

밤하늘 별무리에 꼬리표 길게 붙여
거친 숨결 찾아 밤길을 달려오고
깃대 솟은 바람개비는 일렁이는 물결 따라
바쁜 걸음을 재촉한다

수필은 향기를 남기고, 시는 흔적을 남기고

겨울바람

바람이 가슴을 두드리고 있다

살아 있음을 느낄 수 있는 공간이 상실된 시간 속에서
밀려드는 그리움으로 고요한 침묵의 안녕을 대신 묻고 있다

고독 속에 오늘은 더욱 쓸쓸해하고
따스하게 와 닿는 작은 몸짓 하나
보는 것만으로도 행복한 날이다

온몸을 타고 흐르는 냉기에
한 잔의 커피향이 마냥 그리워진다

카페 자락

한 길속에 마주한 카페 자락에 들린다

쉼 없는 걸음 잠시 멈추고 사치스럽게 팥죽 한 그릇에
나를 잠시 붙들어 본다

주인장과 그저 나눈 인간사 몇 마디에 건네받은 군고구마
정으로 묻어 있는 고향 내음을 흠뻑 풍긴다

어슴푸레 지는 해를 두고
자락 모퉁이에 나긋하게 젖어드는 한편의 음악 소리는
내쉬는 숨까지 한 움큼 앗아다가 같이 흘려보낸다

이렇게 일상을 잊고
잠시라도 숨을 고를 수 있는 이 시간이
내겐 늘 부러운 그리움의 대상이었다

5

삶의 한가운데

어머니

당신이 없는 하늘을 생각해 봅니다
당신이 없는 땅을 더듬어 봅니다
하늘에는 비가 내리고 땅마저 흠뻑 젖어 있습니다

벌써 아려 오는 촉촉한 가슴이 눈가의 이슬을 잡고
몇 날 아니라 한없는 그리움의 세월을 걱정하게 합니다
아직 떠나지도 않았는데 꿈같이 오실 임을 기다려지게 합니다

슬픔이 처연하게 밀려드는 것은
미처 깨닫지 못한 불효 때문입니다

수필은 향기를 남기고, 시는 흔적을 남기고

어머니의 달

창가에 내려앉는 어둠으로 고요히 젖어 가는 밤
달은 보름을 닮아 가고 있는데 마음은 허해져 오고
그 빛줄기 따라 흘러가는 삶의 언저리에는
세상에서 마음 나눌 수 없는
그리움의 그림자 하나가 달빛이 되어
빛을 잃지 않고 외롭게 서 있다

소박하게 사랑으로 다듬으며 기다려만 주던 소중한 인연은
언제나 같은 모습으로 영롱한 빛으로 마음속에 띄우며
참사랑으로 보살핌만 받았는데
이제 홀로 남아 그리워하는 작은 보고픔은
가슴을 먹먹하게 하며 빈 달만 보고 있다

부모님

언제나 그 자리에 계실 줄 알았다
무엇이든 다 가지고 여유가 있는 줄 알았다

내가 효를 행하기엔 부족함이 많아
더 갖추고 더 채워야 되는 줄 알았다

내 나이 부모님 되었을 때
홀로 지새우는 시간이 가장 힘들다는 것을 깨달았다
가진 것 없어도 자식에게
아낌없이 다 주고 싶다는 마음뿐이었다

효는 아무것도 필요 없이
외롭지 않게 안부 묻는 것이 최고라는 것을 알았다
얼굴 하나 보는 것이 세상 부러울 것 없는
행복이라는 것을 늦게 알았다

수필은 향기를 남기고, 시는 흔적을 남기고

내 이 모든 것 깨우쳐 가고 있을 때
어느새 부모님의 나이가 되었다
다 잃어버린 경험을 하고서야
후회의 눈물로 그날의 반성문을 쓰고 있다

그리워한다는 것

그리워한다는 것은 설레던 그날이
꽃그림 그리며 아직도 살아 있다는 것이다

생채기 날 만큼 아픔이 있었다 할지라도
애절한 목마름이 아직도 남아 있다는 것이다

품속에 깃든 풍경처럼 순수함이 남아
깊은 사랑을 헤집고 나올 수 없다는 것이다

그리워했던 시간이 아스라이
추억으로만 남아 있지 않다는 것은
아직도 애타던 사랑이 여물도록 익어 가고 있다는 것이다

수필은 향기를 남기고, 시는 흔적을 남기고

길어도 짧을 수밖에 없고
아픔이 있어도 좋은 기억으로만 남아 있는 것은
시선 머무는 곳마다 보고픈 그림자가
햇살 아래 자리를 잡고 있다는 것이다

목소리 한번 들어도 행복 미소를 띠울 수 있다는 것은
아직도 갈망하는 순수함에 감동의 눈빛이 녹아 있다는 것이다
작은 안식처가 되어 가슴에 꽃을 달아 주고 싶은 날을
애타도록 기원하고 있다는 것이다

삶의 손길이 있는 자리

세상에 선물 하나 풀어놓고
축복된 하룻길을 매일 열어 본다

난향처럼 순백의 영혼을 가진 빛이 날아들며
맑고 고운 향기가 가득하다

아침 햇살 닮은 모습들은 세월의 주름살에도
참모습 고이 간직하며 정겨운 모습 그대로다

삶 속에
조금은 아프고
조금은 안타깝고
조금은 슬픈 날이 있었다 하더라도

수필은 향기를 남기고, 시는 흔적을 남기고

그 정겹고 지고지순한 아름다움에 퇴색되어
행복 빛으로 이내 바꾸곤 한다
잿빛 하늘도 청초한 빛을 더하며
눈부신 고운 햇살을 선사한다

행복 하나 웃음 하나 모두가 화려하지만은 않아도
삶의 손길이 드리워진 그 자리에는
말없이 아껴 주고 보듬어 주는 든든한 사랑이 있다

오늘도 내일도 연분홍빛을 머금고 태어난 날
아낌없이 살아야 할 축복된 아름다운 날이다

삶의 축복

강변 거슬러 오르는 물안개 속에
윤회처럼 피어오르는 그리움의 향기
그것은 세상이 내게 보내 주는 삶의 축복 때문이다

산다는 것이 눈물겹도록 서러워 추락하고 있을 때
엄습하는 외로움 쓸어내리며 아픔을 다독거릴 수 있는 것도
물안개처럼 피어오르는 아름다운 삶의 축복이 있기 때문이다

기억의 편린들을 주워 모아 곱게 펼쳐 보면
온 빛깔로 채색되어 있는 조각임을 알 수 있는 것도
부족함을 풍요로 채워 나가는 삶의 축복 때문이다

내 이름이 너무도 가난하다고 느껴질 때
가슴 저미는 쓰라림을 참아 내는 것도
아름다운 모습을 지키고픈 삶의 축복 때문이다

수필은 향기를 남기고, 시는 흔적을 남기고

삶의 아름다운 날들

삶에 지쳐 허기를 느낄 때
세월이 놓아 준 수심교를 지나면
아름답고 빛난 삶이 차고 넘쳐 오른다

마음 끝도 모두 풀어헤치고 일렁이는 가슴으로
단아한 세상 품속을 황홀한 눈빛으로 파고들 때면
삶의 슬픈 여정은 잠을 청하고 만다

아름다운 하늘 아래서 살아갈 긴 나날
내게 주어진 세월을 정갈하게 빗질하고
맑은 물길 내어 아름다운 날들을 삶으로 기약한다

나이

세월을 쉽게 받아들이고 싶지 않다

떨쳐 버리려 무던히 애써도
기다림의 미덕도 없이 한 발짝 앞서
주름살이라는 반갑지 않은 선물을 들고
다가오길 기다리고 있다

단추 하나 풀어 보면 젊어지려나
해어진 청바지 입고 근사하게 폼 잡으면
조금 어려 보이려나

이런저런 구실을 붙여 가며 뒤쳐지려 해도
세월의 장사 앞에 잡혀 있는 손목은
발버둥 쳐 봐도 헤어날 수 없도록 붙들어 매어 있다

비집고 들어오는 흐름 앞에 늘어 가는 주름살은
어쩔 수 없이 나이를 받아들이는 내가 되어 있다

피고 지는 것이 이치인 걸 내 까짓 것이 어쩌겠는가
꽃다발 받듯 감사하게 받을 수밖에

내일

희망이라는 그리움이 남아 있는 내일이 있어 좋다

밤새 이 별빛이 여물고 나면
이 빈 가슴을 지켜 줄 내일이 있어 좋다

오늘처럼 내일이 또 그러할지라도
애틋함을 달래 줄 내일이 있어 그나마 좋다

그리움을 볼 수 있다는 희망이 있기에
목을 길게 드리우고 내일을 바쁜 걸음으로 가고 있다

수필은 향기를 남기고, 시는 흔적을 남기고

바램*

바램도 끝이 있는 줄 알았다
살다 보면 냉정하게 돌아서서 잊힐 날도 있을 줄 알았다

그러나 미련도 속절없이 비울 수 있다는 말은
언제부터인가 거짓말처럼만 들려왔다

소용돌이 속에 자신이 때로는 비참해지는 것을 인내하며
지친 영혼이 비애에 젖어들어
홀몸으로 세찬 바람결에 나부끼는 갈등 속에서도
위기를 이겨 내는 순간에 바램은 어김없이 찾아만 왔다

세상에 변하지 않고 영원한 것은 없다고들 했는데
담겨진 바램의 샘은 변함없이
청정수를 담아내며 고이 떠받들고 있다

* 바램: 원래는 '바람'이 옳은 표기이나, 시의 느낌을 위해 '바램'이라 표기
  하였습니다.

삶의 한가운데

이제는 소유도 집착도 멀리 떠나갔다
단지 남아 있는 것은 실체인 내 모습뿐

겹겹이 쌓여 있는 모습을 들추어도
알알이 박혀 있는 형상을 비집어 보아도
내 삶의 한가운데 영롱한 빛을 채울 이는 나밖에 없다

수필은 향기를 남기고, 시는 흔적을 남기고

삶의 세레나데

침묵하는 바람 속에
울부짖던 가슴 아픈 절규는 끝이 났다

고요한 이 밤과 함께 찾아오는 시간들은
흐르는 강물처럼 향기만 담고 흐르고 흘러
귀한 꽃을 피우고 싶다

삶의 숨결이 붙어 있는 한
싱그러운 햇살을 꽃잎으로 포장하고
고운 빛으로 애무하며
삶의 세레나데를 끝없이 부르고 싶다

여정이 힘들고 지칠 때가 설혹 있어도
따스한 손길로 다독거려 줄 이
곁에 있다는 것을 위안 삼고
소중하고 귀한 삶을 예쁘게 키워 나가길
바라고 원할 뿐이다

삶의 숙제

새벽 여는 소리에 정겨운 풍경 하나 그리며
필연처럼 다가설 세상 목소리에 귀를 기울여 본다

아무런 인기척 없는 향기 잃은 하루는
잠재되어 있는 빛마저 퇴색시키고
기운을 채웠다 지웠다 되풀이하며

난해한 삶의 의미는 숙제로만 남고
갈수록 알 수 없는 내일에 대한 기대는
그 답을 묘연하게 하며
오늘도 먼 길 달리듯 숙제를 한다

삶의 대화

열병을 앓고 있는 삶이 춤을 춘다

아무런 생각 없이 우두커니 앉아 있어도
세상의 눈빛이 가슴에 머물며 희로애락의 싹을 키운다

하얀 화면위에 포말처럼 부서지며 채워지는 대화
간절함에 절규하듯 마음 하나 지으며
구구절절 세상이 스며들고 있다

푸른 바다처럼 넘실대는 순백의 진실
가끔씩 박히는 뱃고동 소리 같은 분홍빛 영그는 화답
어우러지고 어우러져 오늘밤도 별빛 영롱한 하늘에
삶의 대화를 담고 수를 놓는다

삶의 상흔

열렸던 상처를 닫고 아물게 하지도 못하고
하루를 담지 못한 하루가 오늘도 이렇게 흐른다

내 혼을 송두리째 고운 빛깔로 물들여도 부족함 없지만
깊은 눈빛만 이슬을 머금은 채 가슴만 저미어 온다

이 혼란도 이 아픔도 용기만으로
세상을 차지하려는 못난 마음을 못마땅해하며
정착할 곳 없는 영혼의 방황은
가슴을 오려내고 손길을 잘라 내어 한으로 응어리진다

그래도 아름다운 삶이 있기에 모든 것은
내 눈 속에 녹여 사랑의 여울로 채우고
마음속에 살아 숨 쉬는 행복을 엿본다

침묵

냉정한 묵언은 아무리 짧아도 먼 여정이다
찾지 않아도 그곳에 가 보면 상처가 나
서러워하는 아픔을 볼 수가 있다

등불을 켜고 가만히 들여다보면
가슴 병으로 폭삭 내려앉아 멍들어 있고
갈망하던 소원도 나서지 못하고
아파하며 마음만 감옥에 가둔다

돌아서 손짓 하나 보내지 않고
뭉개져 버려진 시린 가슴은 덩그러니 홀로 남아
난해한 암호풀이만 계속하며 가슴을 병들게 한다

갈등

털썩 주저앉은 마음을 억지로 세워
첩첩으로 닫힌 열두 대문을 연다
생채기 상처가 빗살무늬처럼 내려앉아
흉터로 아물지 않는다
귓가에 부딪히는 갈등의 단어들
쓸쓸함이 빼꼭히 자리매김을 하고 있다

그 틈을 비집고 바람이 속살을 뚫고 들여다본다
비어 있는 가슴을 마저 쓸어 낼 요량으로 풀어헤친다
헤진 마음 달래려 그 바람 따라 훌쩍 떠나고도 싶고
꽃처럼 매무새 갖추고 보란 듯이 시위도 하고 싶다
결국, 아무것도 못한 채 달의 노래 따라 아픔만 홀로 훔친다

수필은 향기를 남기고, 시는 흔적을 남기고

고독

내 속을 비우고 그 자리에
한적한 고요가 외로움으로 밀려온다
속을 채우고 있던 세상의 빈자리는 그냥 흘러가고 있을 뿐
바람이 휭하니 휩쓸고 간 뒷길처럼 아무도 거들떠보지 않는
초라한 형색만 처연하게 남기고 있다

외로움에 지쳐 청정한 자태로 지탱해 주던
영혼의 그림자를 찾아
달빛 따라 별빛 따라 문을 두드리며
왜소한 가슴을 드러내고 서글픔에 불러 봐도
아픔만 홀로 삼키게 할 뿐 삶은 아무런 대답이 없다

세상은 하나의 사슬로 서로를 동여매고 있는데
한적한 외로움에 들리지 않는 깊은 신음 소리만 홀로 내며
가슴 시린 파편들을 주워 모으는 아픔을 같이 보내고 있다

6

축복의 날

새해 새날에는
새살 돋아나는 날
한가위
생일 축복의 날
삶의 세월이 곱기만 하다
꽃이라 하기에도 아깝습니다
가족

새해 새날에는

새해 새날에는
고단하고 힘들었던 기억들을 멀리 떨쳐 버리고
삶의 기쁨을 확신하며 꺾이지 않을 꿈이 싹트게 하시옵소서!

척박한 세상살이도 열정으로 이겨 내게 하여 주시고
고운 목소리로 생의 찬가를 부르도록 하시옵소서!

주위가 충만하여 사랑이 넘칠 때에도 교만하지 않고
성실한 마음으로 내게 머무름이 오래 지속될 수 있도록
그리운 설렘으로 기다림이 가득 차게 하시옵소서!

푸념과 투정보다 욕심을 비우는
겸손한 마음으로 평화를 얻게 하시고
다소곳한 기다림으로 상대를 배려할 줄 아는
인내를 깨닫게 하시옵소서!

수필은 향기를 남기고, 시는 흔적을 남기고

거센 바람이 불 때는 이 한 몸으로
사랑하는 이의 바람막이가 되게 하시고
마음으로 전해지는 숨결로
영혼까지 따뜻이 녹게 하시옵소서!

새해 새날에는
여명의 빛을 따라 솟아오르는 희망의 날개 위에
사랑하는 사람의 이름을 지워지지 않도록 고이 새겨
축복의 나날 속에 아름다운 행복 미소 가득하게 하소서!

새살 돋아나는 날

새살 돋아나는 새날이다
앞다투어 흐르던 세월도
소망의 빛으로 떠오르는 태양에 밀려
갇혔던 햇살이 염원을 담은 붉은 빛으로 천지를 밝혀 준다

긴 한숨으로 흩어져 내린 생활의 파편들도
절망 속의 어둠을 소망의 빛으로 밝게 바꾸며
소리 없이 다가와 향기로운 노크를 하고 있다

서로에게 깨어 있는 삶이라는 것이 쉽지만은 않지만
마음 바구니에 자리하고 있는 버팀목으로
축 저진 어깨를 다독이며
마음을 편히 쉬게 하는 안식이 되고 싶다

찬란한 빛이 발하는 새살 돋는 날
작은 기쁨이라도 만들어 가며 더욱 아끼고
존재하는 자체가 큰 행복임을 느끼며 한결같은 마음으로
더욱 사랑을 보듬어 갈 수 있도록 하자

삶이 피곤하여 빈 하늘에
동공을 모으며 한숨을 쉬고 싶을 때
짊어진 짐을 다 덜어 낼 수 없다고 할지라도
누군가 잠시 내 어깨에 기대어 영혼의 진동을 느끼도록
아껴 주는 하루하루를 살자

한가위

세월의 등 짐을 벗어 강물에 눕히고
고단했던 나날을 속삭이는 바람에 실어 보내라

사연이 더해지는 삶도 웃음으로 치장하고
넘치는 사랑으로 고운 애교만 부려라

그리움으로 찾아올 누군가를 위해 설렘을 준비하고
빈손이라도 정만 가져온다면 홍안의 미소로 무조건 반겨라

잘 익은 한가위 보름달 송편에 담아 고이 빚고
집안 가득 솔잎 향기 몰아 그 맛만 기쁨으로 음미하여라

동트는 가을 햇살 온몸으로 담아 행복으로 전하고
향기로운 꽃의 이름으로 풍요로움을 느껴라

생일 축복의 날

곱게 흩어지며 반짝이던 햇살 속에
세상에 다가섰던 맑고 고운 하얀 얼굴
당신의 탄생이 축복으로 그러했듯
아름다운 오늘을 축하합니다

세월의 무상함에 잔주름으로 바뀐 모습
보일 듯 말 듯 감출 듯 말 듯 번지는 미소는
향이 좋은 차 한 잔 곁에 둔 여유로움으로
화려함보다 더한 고운 모습으로
오늘의 당신을 축하하고 있습니다

살아온 세월만큼 살아야 할 남은 여정
외롭고 아팠던 기억 있다면 떨쳐 버리고
나날이 축복 속에 따스한 인생만 펼쳐져
하염없는 보고픔 속에 기억될 수 있는 동반자로
내일의 웃음을 행복 얼굴로 담아 가며
풍요로운 삶이 이어지길 축원합니다

삶의 세월이 곱기만 하다

가슴에 묻고 다듬어 온 세월의 뒤안길이 곱기만 하다
만났던 기쁨이 사랑에 닿았을 때
간절한 기다림으로 가슴을 떨며 발을 내딛었다
행여나 마음 덜어 질까봐 가슴 졸였던 날들이
속절없이 어떻게 지났는지도 모르게
모습을 바꾸고 새 단장을 하였다

찰나의 무딘 순간이 있었다 하더라도 늘 하루의 안부를 묻고
날마다 보고픔을 꿈꾸며 취해 가는 깊은 맛은
세월이 지날수록 좀 덜 느낄지라도
연두 빛 새싹으로 피어오르는 고운 모습을 느끼며
손잡을 때마다 감사함을 느낀다
생애 매 순간마다 소홀하지 않도록
아름다운 편지를 가슴으로 다듬고 쓴다

행복한 둥지를 만들어 준 당신께 마음의 꽃을 바친다
가끔은 퉁명하고 모진 말로 마음에 파문을 일으키지만

뭉개진 마음이 있었다 하더라도 흔들려도 허물어지지 않게
하루하루가 나로 인해 부유해졌으면 좋겠다

삶의 언저리에 남겨 둔 부치지 못한
그리움이 얼마인지 몰라도
아직도 우리에겐 사랑을 만들어 가는 연습이 더 필요하다
아직도 우리에겐 언제나
그리운 사람으로 사는 연습이 더 필요하다
아직도 우리에겐 이름만 불러도
그저 좋은 그런 사람으로 사는 연습이 필요하다

세월이 흘러도 변하지 않는 모습으로 여전히 좋은 사람
외롭게 산마루에 올라도
혼자서라도 반길 사람이 곁에 있어 좋다
가슴 쓰린 쓸쓸한 바람으로만 남아 있지 않는다면
오색 빛깔로 곱게 물든 인생을
함께하는 기쁨이 있어 좋을 것이다
그저 같이 있어 행복하다는 그 말은
거추장스럽게만 들릴 것이다

꽃이라 하기에도 아깝습니다

당신을 꽃이라 하기에도 아깝습니다
꽃보다 더 곱고 향기로운 그 자취는
당신을 꽃이라고 하기에도 아깝습니다

가슴 시린 아픔도 드러나지 않도록 감추고 살아온 세월은
사랑의 손길로 주위를 다듬고 부둥켜안았습니다

당신이 더 아파 왔던 세월을
당신이 남을 위로하고

당신이 더 절망에 빠지는 시간도
당신은 주위를 희망으로 채워 주었습니다

그 긴 세월
고왔던 얼굴에 잔주름은 늘어만 가도
당신의 마음은 주름 한 점 없는
다림질되어 있는 세월이었습니다

참 억척같은 삶이었습니다
고운 심성에 파편 박히듯 날아드는 삶의 회오리는
잠시도 당신을 편하게 두지 않고
참 억척같은 삶을 살도록 하였습니다
위로도 없고 다정스런 손길도 없었습니다

그토록 모진 세월을 당신은 묵묵히 이겨 내며
맑은 얼굴로 홍조를 띄운 채
그래 그러려니 하고
모든 것을 당신 품에 덮고 살았습니다

오늘은 당신의 칠순 생신 고희를 축하하는 자리입니다
봄빛 담은 마음으로 당신의 남은 생이
꽃길이 되길 바라며 축하드립니다
작은 정성으로 마련된 고희
자리에 담긴 당신의 온화한 미소처럼
남은 생이 따뜻하길 기원하며 축하드립니다

가족

삶에 걸어 둔 아름다운 약속들
진실의 굴레로 소중히 에워싸고
간혹 아픔이 그 가운데 있을지라도
슬기롭게 감내하고 위로하며
고귀한 인연임을 잊지 말고 살아가자

한 뜰에 앉아 사랑하게 된 것을
아름다운 소망 이룬 기쁨이라 느끼고
그로 인해 얻어지는 해맑은 미소는
곁을 떠나지 못하게 짙게 남겨
그 따스함이 더하도록 온 마음을 다하자

어쩌다 해지는 창가에 서서
무심한 하루를 탓하는 날이 있을지라도
달빛에 부딪치는 행복한 기억만을 마음으로 안고
눈을 감으면 떠오르는 가슴에 둔
한 사람이 가족의 사랑이라 염원하자

수필은 향기를 남기고, 시는 흔적을 남기고

세상을 살아가며 얻은 그 무엇보다도 값진 보배로 기억하며
같은 하늘 아래 숨 쉬며 살아 있음에 감사하고
이 세상에 사랑하는 가족을 두고 있다는 이유 하나로
기쁨이 샘솟는 나날이 가득할 거라고 믿고 살자

삶이 지나는 길목에 서서 사는 일이 쓸쓸하고 외로울 때
세상을 따뜻하게 풀어 주는 음악 한 곡 들을 때도
가슴 들춰내어 아름다움으로 승화시켜 나눠 들으며
사랑을 지켜 가는 아름다운 간격을 유지하고
넓고 넓은 화원에 만발하는 해맑은 웃음꽃 피우게 하자